FJÄRILSEFFEKTEN

*"En marginell påverkan i systemet
kan på sikt få stora och oförutsägbara effekter
någon annanstans."*

Karin Alvtegen

FJÄRILSEFFEKTEN

Brombergs

Av Karin Alvtegen:

Skuld (1998)

Saknad (2000)

Svek (2003)

Skam (2005)

Skugga (2007)

En sannolik historia (2010)

”Because I'm worth it” sid 114: källa L'Oreal
”Magnum - för god för att dela” sid 114: källa GB Glace

Omslagsform Åsa Wärn Björling

www.karinalvtegen.com

Brombergs Bokförlag AB 2013

Sättning K2AB Stockholm

Tryck Nørhaven, Viborg 2014

ISBN 978-91-7337-511-5

www.brombergs.se

FLERA DÖDA I SVÅR TÅGOLYCKA

JUST NU: Minst 11 personer omkom när ett Intercitytåg kolliderade med en personbil strax utanför Rosersberg. Enligt uppgift råder fortfarande kaos på olycksplatsen och räddningsledningen befarar att fler skadade och döda kan finnas under de urspårade vagnarna. Ett 50-tal passagerare är förda till sjukhus, varav flera med livshotande skador. Tåget med cirka 180 passagerare lämnade Stockholms Central 17.40 och var på väg mot Gävle. Olyckan inträffade vid en järnvägskorsning med automatiska bommar och ljussignaler, som enligt räddningsledningen fungerade normalt vid olyckstillfället. Av okänd anledning körde bilen in i en av vagnarna som spårade ur och drog de efterföljande vagnarna med sig. Bilföraren avled omedelbart.

5 MÅNADER TIDIGARE

BODIL

Ett obekant ljud.

Det är så jag vaknar om morgnarna nuförtiden. Alla hus har sina egenheter och på fyra dagar hinner man bara lära känna de vanligaste. Lägenheten är inte särskilt stor, bara ett rum och kök, och den var fullbelamrad redan när jag flyttade hit med mina två flyttkartonger. Mer behöver jag inte. Bara några av mina böcker och kläder som tar mig genom de fyra årstiderna. För man vet ju aldrig.

Inte numera.

Jag är 55 år. Ändå känner jag mig som nyfödd. Med nakna fötter tassar jag runt och försöker lära mig gå. Inget av det som bekymrade mig till för fem dagar sedan känns längre viktigt. Den här veckan har jag lämnat min man och sagt upp mig från jobbet med omedelbar verkan. Varken Krister eller min chef var särskilt tillmötesgående, men för första gången i mitt liv förblev jag olydig trots reaktionerna.

De vet inte vad jag vet, och min kunskap har förflyttat mig utom räckhåll för deras ilska.

Sedan dess lever jag som en vilde. Jag gör bara det jag

vill och i förrgår söp jag mig full för första gången i mitt liv. Visserligen här i lägenheten och utom åsyn för omvärldens blickar, men full var jag likväl och somnade med kläderna på. Utan att ha tvättat mig och smort in mig med min nya, dyra kräm. Jag kan inte påstå att upplevelsen gav mersmak. Bakfyllan kostade en hel dag och det har jag inte råd med numera. Däremot har jag gått förbi restaurangen nere på hörnet, de öppnar klockan fyra och de första timmarna är det glest med gäster. Dit tänker jag gå varje eftermiddag och dricka ett glas vin eller två trots att min man tycker att ensamma kvinnor på krogen är slampiga. Det har jag för övrigt heller aldrig provat och därför är det väl hög tid nu.

Allt jag hittills skjutit åt sidan kommer vältrande emot mig, som stenbumlingar vid ett ras.

Som odödlig är gjort och ogjort lätt att lämna bakom sig.

Eller framför sig, kanske är den rätta benämningen.

Som dödlig är det svårare.

En stund ligger jag kvar i sängen. Den typen av överdåd känns fortfarande främmande, men sedan i måndags uteblir det dåliga samvetet. Jag betraktar ljusstrimman som letat sig ner i den trånga gränden där jag numera bor. Solen når mitt fönster en stund på morgonen, därefter vandrar den vidare över taken i Gamla stan och lämnar min lägenhet i skugga. Det gör ingenting. Vill jag se solen söker jag upp den därute. Den här veckan har den fört mig till platser jag aldrig har sett förut. Trots att jag tillbringat nästan hela mitt liv i Stockholm.

Jag reser mig och går mot badrummet. Det kräver små omvägar runt lådor och boktravar på golvet, jag har låtit pappas saker stå kvar där de stod när jag flyttade in.

Lägenheten dök upp som en överraskning när han dog för åtta år sedan, testamenterad till mig som enskild egendom. Ett hemlighållet rum och kök på tredje våningen, bakom en oansenlig port på Göran Hälsinges gränd. Enligt bostadsrättsföreningen köpte han den 1976. Jag anar varför. Och jag anar även varför han behöll den efteråt. Jag ser det på böckerna som trängs i de överfulla bokhyllorna. *Botanica. Nordens flora. Fåglar från fält, hed och fjäll.* Jag ser det på föremålen jag minns från mina farföräldrars hem, de som mamma ville att han skulle slänga. Det här var hans andningshål. Tillflyktsorten där han förvarade sina drömmar.

Som jag funderat över vad jag skulle göra med lägenheten. Ingen mer än jag känner till den, jag har bevarat pappas hemlighet och inte berättat för vare sig min man eller min dotter. Jag har gått hit någon gång i månaden för att se att allt är i ordning, inte rört något, utan behållit lägenheten som ett mausoleum över min barndomsfamilj. Ingen mer än jag finns kvar.

Och alla minnen jag inte längre kan dela.

Kanske visste jag innerst inne att lägenheten en dag skulle komma till min räddning. Att pappas tillflyktsort en gång även skulle bli min.

Kranen i badkaret läcker. Inte särskilt mycket, ungefär en droppe varje halvminut. Jag räknade tiden en kväll när jag låg i badet och njöt av mitt nya badsalt med eteriska oljor av lavendel, citron och rosmarin. Jag har aldrig varit någon storbadare. Karet i vårt radhus i Tyresö har knappt använts sedan Viktoria var liten, annat än som uppställningsplats för vackra flaskor med badolja som ingen någonsin haft anledning att öppna. Den här veckan har jag badat varje kväll. Tillåtit mig att bortse från slöseriet med vatten. Slår man ut mitt totala badkarsbadande över livet är dess miljöpåverkan försvinnande liten. Där droppen landar har emaljen blivit gul. Jag skrubbade lite halvhjärtat med rengöringsmedel, men fläcken blev kvar och jag lämnade droppandet åt dess öde. Det är en befrielse att inte längre behöva bekymra sig. En alltför stor del av mitt liv har jag ägnat åt det.

Nu vet jag att det var bortkastad tid.

Jag borstar tänderna och efteråt dröjer jag en stund framför min spegelbild. I det medelålders ansiktet anar jag den förväntansfulla tonåring jag en gång var, jag ser samma vilsenhet. Men sedan ser jag bara den magra kvinna som alltid haft siktet inställt på sina skavanker. Jag betraktar rynkorna runt min mun. De två lodräta strecken ovanför näsroten. De får mig att se bekymrad ut, till och med nu när jag äntligen känner mig fri. Jag granskar min hals som Krister har sagt ser gammal ut och som jag därför ofta dolt under sjalar.

En dag ska jag stå här framför spegeln och säga till mig själv att jag faktiskt är ganska vacker. Åtminstone försöka hitta något som inte är direkt fult. Det är jag skyldig den här kroppen, som har utstått mitt hat under så många år.

Därför står jag här en stund varje morgon. Jag övar på att möta min egen blick.

Ögonen är märkligt nog sig lika, men det de upplever ter sig numera annorlunda. Bilden har fått klarare skärpa och andra dimensioner. Det är som om färgskalan rymmer fler nyanser och detaljer kan plötsligt framstå som rena ornament.

Sedan i måndags tittar jag noga och med nyfikenhet, oviss om jag får se det igen.

Jag går ut i köket och gör kaffe. Jag har köpt en liten espressomaskin som även skummar mjölken fluffig, jag känner mig ganska modern när det fräser om apparaten. Jag avnjuter koppen i smygen vid fönstret, väggarna är tjocka och det finns plats att sitta i själva fönsternischen. Någon utsikt är det väl inte direkt, jag ser nästa husfasad några meter bort och ska jag vara ärlig har jag släckt lampan om kvällarna och suttit i mörkret och kikat. I den ena lägenheten är det oftast nerdraget, men i den andra bor ett par i trettioårsåldern som inte snålar med sitt privatliv. Kanske har de inte noterat att någon flyttat in på första parkett. De verkar ha det bra, pratar mycket och lagar mat tillsammans, ofta rör de vid varandra helt i onödan. Hittills har jag sett både det ena och det andra och förundrats över deras annorlunda liv. Jag funderar mycket över vad som gör att våra liv blir så olika.

Medan jag smuttar på kaffet dras min blick mot mobiltelefonen. Jag har haft den avstängd sedan jag flyttade hit, ju fler dagar som går desto större motstånd har jag känt mot att slå på den igen. Inte för att den brukar ringa så ofta precis, men jag behövde några dagar i fred. Till min egen förvåning lyssnade jag på mitt eget behov och ställde de andras åt sidan. Mitt vanliga jag, eller rättare sagt den som var jag tills i måndags, skulle aldrig vågat ta sig den friheten. Hon trodde att tillvaron skulle rämna om hon tog sin hand ifrån den, men bevisligen pågår den fortfarande. Kanske inte så bra hos Krister i vårt radhus, men vad vet jag? Det märkvärdiga är att jag inte bryr mig. Jag orkar inte längre. Egentligen var det länge sedan jag slutade orka, men trots det har jag bara fortsatt.

Först nu inser jag att vi alla har vår oro att bära, men att fastna i någon annans är att ge bort all sin kraft.

Inför det som stundar behöver jag den själv.

Det sista jag gjorde innan jag stängde av mobilen var att skicka ett sms till min dotter. *Hej Viktoria, kan vi träffas på fredag kl 18.00 på Café Tabac vid Kornhamnstorg? Vore mycket snällt om du kunde komma. Hälsningar mamma*

Som jag valde bland orden innan jag lyckades formulera meddelandet. Särskilt avsändaren. Bodil? Din mor? Din mamma? Jag insåg med ens att jag inte vet vad hon kallar mig. Hon säger aldrig pappa om Krister utan använder alltid hans namn. Vi ses så sällan att jag inte längre vet hur hon tilltalar honom.

Det är i kväll vi ska träffas, och jag är nervös. Sedan hon flyttade hemifrån ses vi då och då, alltid på mitt initiativ. Egentligen känner vi inte varandra. Inte heller det blev som jag hade önskat. Under åren då grunden läggs var det så mycket annat som krävde min uppmärksamhet, jag hade varken vett eller mod att prioritera det som var viktigast. Jag har känt hennes besvikelse länge. Ibland ser jag mitt eget självförakt i hennes blick, men där blir det mig övermäktigt. Det har varit enklare att hålla sig utom synhåll.

Tills nu.

Med min nya blick ser jag vidden av det som gått förlorat. Mer än allt annat skulle jag vilja lära känna henne innan det är för sent. Och om inte en ursäkt, så åtminstone ge henne min historia.

En förklaring.

Men hur gör jag det när jag inte ens förstår den själv?

Och klockan tickar vidare.

ANDREAS

Tisdag 6 mars 2012. Om tiden gick att se skulle det gå ett tjockt, rött streck den dagen, precis klockan 13.22. Mitt liv uppdelat i ett före och efter. Det är möjligt att det som hände tog sin början långt tidigare, men hur jag än vrider och vänder på alla tillfälligheter så är det obegripligt att det hände just mig. Varför jag befann mig där just då. Sannolikheten är så försvinnande liten. Jag har begrundat alla *om* och *om inte* som finns men ändå finner jag ingen förklaring. Därför har jag försökt sluta grubbla, men jag minns inte hur jag brukade tänka förut. Nu i efterhand känns det som om jag inte tänkte alls. Jag gled smidigt mellan dagarna med uppmärksamheten riktad mot nästa punkt. Skjutsa barnen till skolan, jobba, handla mat, laga mat, Williams fotbollsträning, Majas handboll, matcher på helgerna och goda middagar på lördagskvällarna tillsammans med några av våra vänner. Vanliga dagar i en vanlig vecka. Till förvillelse lika, och därför kryddade med skidresor till Alperna och semestrar i Asien och nytt badrum och kök i vår vackra jugendvilla.

Kanske fanns där ett uns av leda ibland, en vag längtan efter något storslaget. Jag ägnade dock inga tankar åt vad detta kunde vara, bara något som skulle spräcka vardagen och ta mig bortom slentrianen.

Nu är min enda önskan att få den tillbaka.

Första veckan efteråt fungerade jag relativt bra. Jag fortsatte mitt liv som förut och höll mig fast i rutinerna. De pågår alltjämt omkring mig, jag hör min familj äta frukost på undervåningen och önskar att jag fortfarande var en förutsättning för att allt ska fungera. Jag vet att Åsa sliter, att hon saknar mig. Vi är ett bra team och vår fulltecknade vardag kräver fyrhandsfattning.

Sedan jag slutade sova orkar jag inte längre delta.

Stolarna skrapar mot kökets trägolv och snart ska familjen ge sig iväg. Jag hör Åsas hastiga steg uppför trappan och lägger mig på sidan och blundar. I nästa stund smygs sovrumsdörren upp, hon sätter sig på sängkanten och jag känner hennes hand mot min panna.

”Sover du?” Några sekunder passerar innan jag låtsas vakna. ”Du känns inte så varm i dag, har du fortfarande ont i halsen?”

Jag vänder mig medan jag sväljer och får till en passande grimas. ”Ja.”

”Då ringer jag vårdcentralen. Du har ju legat sjuk i en vecka nu. Du kanske behöver penicillin.”

”Nej, vi ger det några dagar till. Halsen kanske är lite bättre i dag, det är svårt att säga när jag precis har vaknat.”

Hon har sin Iphone i handen och tittar på klockan, ropar till William att han ska packa sina träningsgrejor och reser sig upp. Brådskan finns i varje ord och rörelse.

”Ska jag dra upp gardinen?”

”Nej, jag sover lite till.”

”Tror du att du orkar köra killarna till fotbollsträningen vid fem, det är vår tur?”

”Jag vet inte riktigt.”

Hon döljer en suck men jag uppfattar den. ”Jag hör med Lukas föräldrar. Det får bli hämtmat i kväll för jag hinner inte handla heller, jag köper bara lite fredagsmys på vägen hem. Vi har deadline på en annonskampanj och kunden är inte nöjd med layouten. Jag vet inte hur lång tid mötet kommer ta.”

”Okej.”

Hon ser på klockan igen och på väg mot dörren stryker hon längs mitt ben över täcket. ”Jag hör av mig under dagen. Krya på dig. Puss.”

Några minuter senare slår ytterdörren igen och strax därefter startar Audin. Jag kan särskilja våra bilar på motorljudet. Gruset knastrar under däcken när den backar ut genom grindarna och ljudet tonar bort. Huset är tyst. Jag ligger kvar och stirrar i taket med armarna under nacken.

Ännu en onormal dag. Det har gått en vecka sedan jag började tillbringa tiden i sängen. Om dagarna fortfarande varit normala skulle jag ha suttit i bilen som just for iväg för att skjutsa barnen till skolan, jag skulle ha parkerat vid Saltsjö-Duvnäs station och tagit Saltsjöbanan mot Slussen och därifrån fortsatt med tunnelbanan till Rådmansgatan. Halv nio skulle jag klivit in på kontoret där jag och sju andra arkitekter hyr varsin arbetsplats, jag skulle ha bryggt en kopp kaffe och bytt några ord med de andra och därefter tagit noga vara på arbetstiden. Den är ofta för knapp, barnens tider styr oss med järnhand och Åsa och jag delar så lika vi kan.

Delade.

Hon är välavlönad projektledare på en reklambyrå. Oftast jobbar hon mer än jag. Innan Maja föddes kretsade tillvaron runt våra arbeten, det var långa arbetsdagar och middag åt vi oftast på krogen. Jag räknades som en i skaran av den nya generationens framgångsrika arkitekter, jag vann några pris och jobbade med flera prestigeprojekt. Plötsligt var jag etablerad i branschen. Åren gick och vi jobbade på. Uppdragen växlade men veckorna var förvillande lika. Vi var båda en bit över trettio när känslan kom att något fattades. Våra samtal började kretsa runt förändring. Jag minns en diffus längtan efter något större, en utmaning som skulle ge mig möjlighet att utvecklas på andra plan. Tendensen märktes även hos våra jämnåriga vänner. Kanske ljöd en uråldrig signal i cellerna som klargjorde att det var dags för fortplantning. Kanske var det så enkelt, för året därefter var det lika många bebisar som par vid bordet på våra förr så välordnade bjudningar.

Åsa och jag delade på föräldraledigheten. När det blev dags för dagis valde jag att bli min egen. Det blev enklare så, jag äger min tid och kan jobba hemifrån när barnen är sjuka. Åsa har svårare att utebli. Mina enda överordnade är kunderna som vill ha mina tjänster och det krävs att de betalar bra. Jag är eftertraktad, och tills alldeles nyligen var det en viktig faktor i mitt liv.

Jag förmodar att jag kände mig betydelsefull.

Nu får jag bara ett tryck över bröstet när jag tänker på hotellprojektet som ropar i datorn. Ritningarna är nästan färdiga, men när jag tittar på dem känns det som om de gjorts av någon annan. Jag ser inte längre grundidén. Den går inte att urskilja bland alla egendomliga streck och beräkningar.

Min påhittade influensa är mitt gömställe. Jag vet att jag måste skärpa mig, mobilen är fylld av meddelanden och Åsa kommer snart att tvinga iväg mig till läkare.

Jag reser mig upp och kommer så långt som till fönstret. Där blir jag stående, med pannan mot det kalla glaset. Trädgården ligger i träda. Det mesta av snön har smält. En snowracer har strandat på gräsmattan. Vinden har samlat fjolårslöven i mörka högar, de liknar bölder på det platta gräset. En bortglömd fotboll sticker upp ur den enda snödrivan i skuggan vid garaget.

Vi borde räfsa i helgen. Klippa buskar och elda. Göra något alldeles vanligt.

Jag är bara så vanvettigt trött.

Det blev någon timmes sömn i natt, möjligen två. Aldrig med ryggen mot dörren. Jag låg vaken med blicken fäst vid klockradions siffror, varje gång jag föll i slummer ryckte jag till och väckte mig själv.

Jag törs inte sova.

Det är då jag ser dem.

Ögonen.

VIKTORIA

Profil på Facebook
Namn: Viktoria Bergström
Jobbar på: Finansinspektionen
Har studerat vid: Juristutbildningen vid Stockholms universitet
Bor: Gärdet, Stockholm
Födelsedag: 23 april 1982
Förhållande: singel

Utifrån de betingelser som värderas högt i Stockholm kan jag betraktas som en mycket lyckad person. Möjligen bortsett från det där med singel. I övrigt har jag styrt längs en snörrät linje och prickat av alla viktiga kontrollstationer. Den som mot förmodan vill bläddra igenom mina prov, uppsatser och tentor från gymnasiet och juristprogrammet kommer finna att alla belönades med högsta betyg. Jag har sparat dem i en låda i bostadsrättsföreningens gemensamma vindsutrymme. Där ställer vi våra mindre stöldbegärliga tillhörigheter som vi visserligen inte behöver, men ändå inte förmår att skiljas från.

Sist jag såg lådan hade någon skrivit KUK på det dammiga locket. Kanske ett omen. Det var i alla fall i samma veva som min perfektionism började gå över styr.

Jag kan inte minnas något tydligt ögonblick. Bara en tid av växande vånda. I början möjlig att bortse ifrån, men sedan en tid roffar den åt sig allt större plats. Inte så att det märks på jobbet, självfallet uppträder jag oklanderligt, men ansträngningen börjar tära på krafterna. Omfattningen är svår att förklara. Någonstans inser jag ju hur befängt jag beter mig.

Tidigare kunde jag ta på mig mängder av uppgifter. Så kallad hög simultankapacitet. Nu har jag svårt att ens hinna med det grundläggande. Jag kommer som vanligt till jobbet. Tänker att i dag ska det bli annorlunda, men snart börjar jag hatta mellan olika saker. När arbetstiden är slut är ingenting färdigt och jag blir sittande några timmar till. Hemma fortsätter jag, oftast till långt in på natten men ändå kan jag aldrig bli nöjd. Jag ser inte längre när något är klart, när jag bara förändrar utan att något blir bättre. Ingenting duger. Jag ifrågasätter mina formuleringar, mina slutsatser, hittar nya kriterier och regelverk som bör kontrolleras ännu en gång. Vid det laget har förnuftet slutat fungera. Hjärtat skenar och dokument och handlingar förvandlas till ett oöverskådligt gytter. Jag har hamnat längre från att slutföra uppgiften än när jag började. Det är då min chef tornar upp sig för mitt inre, hennes besvikelse, och detta trots att jag hittills aldrig har gjort henne missnöjd. Hur skulle hon ha kunnat bli det? Det har aldrig hänt att jag lämnat ifrån mig något halvdant. Tvärtom får jag ofta beröm. Men lovorden lindrar bara en stund. Snart förvandlas de till en måttstock för vad jag till varje pris måste överträffa.

Jag håller på att tappa kontrollen. Själva essensen av den som är jag sipprar sakta ut. Och jag vet inte var läckan sitter.

Därför går jag här nu, för andra gången, på min Golgatavandring mot Torbjörn. Jag kommer knappast skriva in det i statusraden på Facebook. Tvärtom, jag pulsar i mina egna fördomar och varje steg kräver självövervinnelse.

Min föreställning om samtalsterapi var att man antingen tvingades dit av läkare eller möjligen som följd av ett domstolsbeslut. Att på eget bevåg söka hjälp har jag funnit misstänkt, som ett bevis på neurotisk läggning. En brist i karaktären. Inte ens Ylva kunde övertyga mig, min ytterst kompetenta och till synes omdömesgilla kollega. Sedan ett år tillbaka har hon yvts över sin nyvunna självkännedom och hon berättar vitt och brett om insikter hon fått under terapin och hur hon har ändrat sitt beteende och därmed fått ett bättre liv. Jag känner mig skeptisk. Det finns något obehagligt över hela saken. Att gå till en vilt främmande människa och fläka ut sig med sina problem. Men klockan tre en natt med ännu en outredd tankehärva framför mig tänkte jag, att kan en psykoterapeut få bort mina besvär må det vara hänt att jag går dit ett par gånger. Hellre det än att förlora mitt jobb.

Så jag frågade Ylva, naturligtvis i förtroende. Jag nämnde inga detaljer. Svamlade något om hjärtklappning och dagen efter fick jag Torbjörns visitkort. Det var i början av december. Mamma hade just ringt och frågat om julen. Jag hade som vanligt anlagt en skuldmedveten ton och sagt att tyvärr, jag reser bort i år också. Till Thailand, sa jag, trots att jag planerat att stanna hemma och sova hela julledigheten. Mamma är aldrig påstridig, hon önskade mig trevlig resa och lät nästan lättad. Hennes årliga inbjudan var överstökad. Liksom på en tyst överenskommelse lösgör vi varandra från tvånget till familjesamvaro. Jag borde vara tacksam, men samtidigt förnimmer jag en sorg över att hon så lätt backar undan.

De följande veckorna bar jag Torbjörns visitkort i plånboken. På nyårsdagen, denna vedervärdiga dag som för varje år ger mig allt större olust, la jag kortet på köksbordet och började tumma på det om kvällarna.

Jag tummade i flera månader.

Efter en sista tvekan trycker jag på porttelefonen. Mottagningen ligger på nedre botten i ett vanligt hyreshus, och när det surrar i portlåset går jag in och sätter mig i väntrummet. Det finns en liten hall utanför samtalsrummet och en röd lampa lyser ovanför dörren. Dissekering pågår. Hallen gör att vi psykfall slipper mötas när den ena ska in och den andra ut. Det är jag tacksam över för egen del, fast jag är ganska nyfiken på Torbjörns andra klienter. Vilka de är och varför de går hit. Undrar om han har favoriter? Förmodligen, vissa måste ju vara mer intressanta. Den tanken ger mig hjärtklappning.

Jag tänker på förra gången. Han tog mig i hand när jag steg in i rummet. Hans handslag var fast och hans blick likaså, när vi satt oss gjorde han klart att vi ska träffas tre gånger, därefter utvärdera och ta ett gemensamt beslut om vi ska fortsätta ses. Om vi tror att samarbetet kan fungera. Sedan dess har oron följt mig att jag själv kommer vilja men att han säger nej.

Jag tittar på klockan. Fem minuter kvar. Jag går fram till vattenautomaten vid väggen för att fylla ett glas. Luftbubblorna bullrar i tystnaden. Jag släpper genast knappen och går och sätter mig igen. Tänker på förra gången. Efter den inledande överenskommelsen sa han ingenting och tystnaden gav mig nästan panik. Tills jag insåg att *jag* var den som förmodades inleda samtalet. Det gick inget vidare. Jag ägnade hela sessionen åt att framställa mig själv i gynnsam dager, fast besluten att bli hans bästa klient. En kapabel, anständig människa som mest var där av en tillfällighet. Jag redogjorde för mina ansvarsfulla uppgifter på jobbet, det höga tempot, att det i och med alla internationella kontakter innebär mycket resande. Jag gick hem ganska väl till mods och det höll i sig fram till kvällen, då jag insåg att jag betalat sjuhundrafemtio spänn för lite oförargligt småprat.

Sedan dess har jag övat mig. I sju dagar har jag noga övervägt min inledningsfras. Men så sitter jag här, och inget av det som lät bra i sovrumsmörkret tål belysningen på hans mottagning.

Det kryper i kroppen. Jag har svårt att sitta still. Situationen som väntar känns nästintill hotfull. I trekvart ska vi dissekera mitt psyke medan han ska förbli en fullkomlig främling. Jag har googlat hans namn men ingenting hittat, inte ens hans hemadress. Ålder? Kanske femtiofem. Det silvergrå håret är rakt och kortklippt, han bär stålbågade glasögon och förra gången var han allmänt proper i polotröja, jeans och kavaj. Liten antydan till välfärdsmage. Vigselringen är matt och har sjunkit in i huden. Inget därinne i mottagningsrummet ger ytterligare ledtrådar. Ett litet bord mellan två rottingfåtöljer, ett välstädat skrivbord, en dagbädd med beigefärgade prydnadskuddar och en välfylld bokhylla, men jag satt för långt ifrån för att kunna urskilja titlarna. På lagom räckhåll från min fåtölj stod en förpackning med pappersservetter.

Jag tror inte det, tänkte jag.

Min mobil ringer och jag rafsar i väskan för att få tyst på signalen. I samma stund hör jag dörren öppnas i hallen och han dyker upp i öppningen.

”Viktoria. Välkommen.”

Jag ler och reser mig. I mottagningsrummet tar han i hand. Dörren stängs och jag tar mig till min rottingfåtölj. Den knarrar när jag sätter mig. Jag minns inte längre min inövade inledningsreplik. Han lägger händerna i knät. Ser med en uttryckslös blick ut i intet.

Sekunderna tickar och mina fingrar kramar om armstöden.

Jag är en kapabel, anständig människa.

”Jo, det är så att jag har fått ett litet problem med mitt arbete.”

BODIL

Viktoria sitter redan vid ett bord när jag kliver in på Café Tabac. Ändå är jag tio minuter för tidig, min dotter har ärvt min punktlighetsiver och även förädlat den några snäpp. Hon sitter längst in i hörnet och läser på sin mobiltelefon. Jag hinner betrakta henne några sekunder innan hon sveper med blicken åt dörren till, vänder kvickt och synar mig från topp till tå. Kanske är det min nya, röda vårkappa som förvirrar henne. Sannerligen ingen dussinvara i min garderob. Jag samlar mig, gör en ansträngning att gå normalt men inbillar mig att det ser onaturligt ut. All min koncentration är riktad mot vänsterbenet.

Hon kommer direkt från jobbet. Det syns på hennes prydliga klädsel. Nätt kavaj över välstruken blus som det anstår en jurist vid Finansinspektionen. Alltid duktig, likaså det ett morsarv, även om våra ansträngningar gett olika skörd. Min akademiska karriär avslutades som kund- och ordermottagare på Bergs Bil & Byggnadsglas. Med tiden skötte jag även bokföring och lagerhållning, jag var så idog att företaget kunde rationalisera bort mina arbetskamrater så till slut blev det ett mycket ensamt jobb. Men ägaren var naturligtvis oerhört nöjd med mitt arbete.

Viktoria börjar tala så snart jag närmar mig bordet.

"Jag har ringt dig i veckan. Har du inte fått mina meddelanden?"

Jag harklar ur mig något och blir mer nervös. Ett olydigt barn i väntan på en befogad avbasning. Min dotter ser uppfordrande på mig och jag kränger av mig kappan som jag ångrar att jag tog på mig i kväll. Den är för mycket, ett utropstecken över det jag inte tänker berätta.

"Jag ska bara hänga av mig."

Jag går tillbaka mot dörren. Med min fungerande högerhand trär jag kappan över en galge och med ryggen mot bordet blundar jag och drar ett andetag. Det är för hennes skull, intalar jag mig. Det är för hennes skull jag inget ska berätta. Bara om skilsmässan. I trettio år har jag tyglat tillvaron för att inga stora förändringar ska hota hennes kontrollbehov. Låtit basen förbli intakt för att ge henne de vingar jag själv aldrig förmådde bära.

Men nu kan jag inte längre.

Det står en kypare vid bordet och jag beställer ett glas vin. Viktorias är redan halvtomt men hon avböjer påfyllning och ber istället om bubbelvatten.

Vi sitter tysta en stund. Jag vet inte hur jag ska börja. Hon hinner före.

"Det lät på ditt sms som att det var något du ville prata om."

Jag tvekar och söker bland mina inövade fraser.

”Ja. Jag har något tråkigt att berätta.” Jag hinner läsa av många känslor i hennes ansikte innan jag får mod att fortsätta. ”Jag förstår om det här kommer att göra dig ledsen, men det är så att jag har lämnat Krister. Jag kommer inte begära skilsmässa men jag kommer att bo för mig själv framöver.”

Hennes mun öppnas men hon säger ingenting, bara ser på mig. Jag blir medveten om ljuden omkring mig och vilar en stund i det ovidkommande.

”Har du träffat nån annan?” frågar hon till slut.

”Nä, verkligen inte.” Hennes fråga ter sig så absurd att jag ler. ”Var skulle jag ha träffat nån annan? På bussen hem från jobbet eller var annars?”

”Inte vet jag.” Hon rycker på axlarna och är tyst en stund. ”På jobbet kanske.”

Jag väljer att tiga. Hon vet så lite om hur jag lever mitt liv. Prat om jobbet vill jag undvika, jag tänker inte berätta att jag har sagt upp mig. Det blir för svårt att förklara utan att säga hela sanningen.

”Krister då? Har du berättat för honom?” frågar hon avmätt. Hennes ansiktsuttryck förändras när hon nämner sin far.

”Det är klart att jag har.”

”Vad säger han då?”

Jag rycker på axlarna. ”Jag vet inte riktigt.”

För jag vet faktiskt inte. Kanske var han i chock när jag packade ihop mina kläder, för han sa ingenting. Bara stod med armarna i kors och log lite överseende som om han trodde att jag snart skulle packa upp igen. Ett bevis på hur lite han egentligen känner mig. Under trettio år har jag aldrig hotat att lämna honom. Inte en enda gång.

Det är han som har tagit till de orden.

"Du får ta det med din pappa. Från och med nu måste ni sköta er relation utan mig som budbärare."

För det är vad jag har varit. Det är många år sedan de pratade med varann i onödan. Hon och jag talas vid på mobilen ibland, efteråt berättar jag för Krister vad som sagts och fastän jag ser hans nyfikenhet ställer han sällan följdfrågor. Vid de sällsynta tillfällen hon hälsar på håller de sig numera inom artighetsgränsen.

"Budbärare?" fnyser hon. "Jaha. Det är så du ser det."

Jag känner hur kroppen blir stel. Det finns något nytt i hennes sätt som jag aldrig har upplevt förr. Det gör mig ännu mer osäker.

"Ja. Det kan man väl säga att jag har varit, eller kan man inte det?"

"Jag skulle snarare kalla det försvarare."

"Vad menar du?"

"Du vet vad jag menar. Han kan bete sig precis hur som helst men det spelar ingen roll, du tar alltid hans parti och hittar ursäkter som han själv aldrig skulle komma på om han så tog hjälp av ett lexikon."

Affekten i hennes röst gör mig rädd. Andras ilska har alltid skrämt mig. Sedan i måndags har jag känt mig immun, men det gäller uppenbarligen inte Viktorias vrede.

"Det gör jag väl inte, gör jag verkligen det?"

"Ja det gör du."

"Men du vet ju hur han är, han har ju alltid haft svårt att erkänna när han har fel, han försöker nog så gott han kan."

Jag blir medveten om min bevekande ton. Viktoria ser uttryckslöst på mig medan jag famlar runt i min egen fälla. Så djupt har vanan alltså fört mig. Till och med nu, när jag slutat förneka och livet har tvingat mig se.

Krister och jag.

I trettio år.

Med ens så tydligt att den som alltid visar missnöje får en ohygglig makt.

Kyparen kommer tillbaka med vatten och vin. Med bultande hjärta betraktar jag hans dukning, minns alla deras bråk. Viktorias försök till frigörelse och tiden då det inte gick att genomföra en måltid utan att de blev osams. Hennes brinnande engagemang och Kristers nedlåtande kommentarer i diskussionerna. *Det där har du visst fått lite om bakfoten. Läs på lite bättre nästa gång och försök förstå sammanhangen innan du bildar dig en uppfattning.* Hans enorma behov av att hävda sig. Till och med inför sin egen dotter, när hon blev stor nog att erbjuda honom motstånd.

Och jag som åskådare, ständigt beredd med brandsläckaren.

Vi sitter tysta en stund. Viktoria pillar på pappersservetten. Möter inte min blick.

"Jag fattar inte varför du har stannat så länge, varför du inte skilde dig för länge sen."

Jag häpnar över hennes ord. I nästa stund blir jag till min förvåning arg. Hon är bara trettio år och så vitt jag vet lever hon ensam. Ändå tar hon sig friheten att tillrättavisa. Hon vet så lite om underströmmarna i ett äktenskap, alla små förskjutningar som syns först på avstånd, resignationen när så mycket släckts ner att själen famlar runt i mörker och inte längre hittar ut.

Hon vet inte vad som offrats för hennes skull.

Jag drabbas plötsligt av oändlig trötthet. I min nya fristad har det varit enkelt att fokusera på det väsentliga. Jag har befunnit mig i ett litet veck i tiden där varken det förflutna eller framtiden har kunnat nå mig. Viktorias ord rätar ut tidslinjen och tvingar mig ur mitt gömställe.

Jag glömmer mig och försöker greppa vinglaset med min vänsterhand. Den glider kraftlös längs foten och samtidigt som jag inser misstaget upptäcker Viktoria mitt krökta långfinger.

”Vad har du gjort i fingret?”

Jag gömmer hastigt handen i knät. ”Ingenting. Jag är bara lite stel.”

”Nämen får jag se.” Hon nickar mot min ände av bordet.

Jag tar upp handen och hon tar den i sin och klämmer lite på mitt finger. Jag sluter ögonen och njuter i smyg av beröringen, bara helt kort, när hon inte ser.

”Du har redan tagit av dig vigselringen ser jag.”

Ett så kallat bifynd. De senaste fyra månaderna har det hittats många sådana i min kropp.

”Vill du ha den?”

”Nä tack.”

”Du kan ju smälta ner den och göra nåt annat av den.”

”Jag vill inte ha den.” Hon släpper min hand. ”Ska du inte gå och kolla med en läkare?”

Alla lögner skyndar till. Jag har tänkt ut många under veckan men bestämt mig för att hålla mig så nära sanningen som möjligt. Inte ljuga, bara undanhålla.

”Kanske, vi får se”, svarar jag.

Undanflykten är så stor att en lögn blir liten i jämförelse. För det senaste halvåret har jag varit hos många läkare. Först min husläkare. Därefter röntgenläkare, ortopeder och neurologer. Jag har genomgått undersökningar i sådan mängd att min kropps alla hemligheter är avslöjade i en omfångsrik journal med så många latinska termer att det krävs läkarutbildning för att förstå vad de innebär. Allt i jakten på anledningen till svagheten i vänster hand och mitt stela vänsterben och långfinger.

”Var ska du bo då?” Viktoria ställer ner vinglaset och tar en klunk bubbelvatten.

Min tvekan visar att jag vill behålla min fristad. Ett tag till måste jag få välja själv. Jag vill inte ha någon hjälp. Inte något medlidande. Jag vill bara vänja mig vid förgängligheten och försöka göra det okända välbekant.

”Jag har bott hos en arbetskamrat.”

Jag sänker blicken men lögnens enkelhet förvånar mig. Hur lätt den kom till min hjälp. Den vanliga världen är sig lik men jag hör inte längre till, jag står utanför och kan aldrig återvända. Jag ljuger min dotter rakt i ansiktet för att det är det hyggligaste jag kan göra. Eller vad vet jag, hon kanske inte ens skulle bry sig.

Jag betraktar henne igen och inser att det är mycket som jag inte vet.

”Jag trodde att du skulle bli arg. Eller kanske ledsen.”

”För att ni skiljer er?”

”Ja.”

”Varför i herrans namn skulle jag bli det?”

Jag rycker på axlarna, gör en obestämd min. ”Du har ju alltid varit rädd för förändringar.”

Hon ser uppenbart förvånad ut. ”Har jag? På vilket sätt då?”

”Minns du inte när du var liten? Vi fick ju inte flytta en

pinal därhemma. Allt skulle vara som det alltid hade varit. På julen skulle varenda tomte och ljusstake stå på sina bestämda platser och om vi bytte ut någon möbel skulle den gamla stå i förrådet ett tag så att du fick vänja dig. Minns du inte det?"

"Jag är trettio år, mamma. Det har faktiskt hänt en del sen dess."

"Jo, men du brukar ju alltid ..." Jag tystnar och undrar plötsligt varför jag står på mig. Varför det är så viktigt att hon bekräftar mitt påstående. För om det inte är för hennes skull, var finns då till mitt försvar?

Min dotter lutar sig tillbaka i stolen och jag får känslan av att hon tvekar. Hon dricker lite vatten och blir sittande med blicken mot glaset. Jag ser att hon tänker säga något men avvaktar. Jag blir rädd igen. Viktoria har det mod jag själv alltid saknat, hon törs ta strider jag aldrig ens vågat drömma om. Hon tillhör en annan generation, en som vet att tala för sig. Men det händer att hennes sanningar gör ont. Därav rädslan, för den här veckan har jag redan fått min beskärda del. Jag har fortfarande inte lärt mig det latinska namnet. Det gör ingenting, jag har ändå inte tänkt berätta för någon. Inte så länge det går att hemlighålla.

Diagnosen stod klar i måndags. Jag har en obotlig sjukdom. Mina nervceller i hjärnan och ryggmärgen håller på att brytas ner och gör att mina muskler förtvinar. Så småningom kommer förlamningen att drabba andningsmuskulaturen. Enligt statistiken har jag ungefär tolv månader kvar att leva.

"Jag har börjat gå i terapi", säger min dotter.

Jag hör, men allt jag tänker på är min hemlighet. Den förpassar oss till varsin världsdel och ger oss olika språk. Hon vet inte att jag blir föst mot kanten av tiden, mot en plats där jag inte längre kan nås. Hon vet inte att vi måste vara varsamma med orden.

”Jag insåg att det är en del jag behövde gå igenom med mig själv”, fortsätter hon. Hon ger mig en blick som jag inte vill se. Sedan sänker hon den och drar med fingrarna längs sitt vattenglas. ”Det började med att jag läste en del självhjälpsböcker. Om självkänsla och olika beteendemönster och sånt där. Det var då jag insåg att jag behövde gå i terapi.”

Jag vill inte höra men sitter lydigt kvar och väntar på fortsättningen.

”Som det här med relationer till exempel. Alltså, jag menar kärleksrelationer.”

Sällskapet vid bordet bredvid reser sig för att gå, jag får plötsligt lust att följa med dem.

”Jag vet inte riktigt men, jag får dom liksom aldrig att fungera. Det blev så tydligt när jag läste dom där böckerna. Med tanke på dig och pappa menar jag.” Hon sänker blicken igen.

”Vadå menar du?”

”Ja, liksom hur det har varit. Jag har väl inte precis haft några vidare förebilder.”

Och just där passeras min gräns. Jag känner hur femtiofem års tillbakahållen vrede väller fram och oförmögen att behärska mig spottar jag ur mig orden.

”Jaha! Så det är nu jag ska få höra vilken dålig mamma jag har varit? Är det det? Hur din taskiga barndom har förstört ditt liv? En sak ska du ha väldigt klart för dig Viktoria, du har ingen aning om vad som menas med att ha haft en taskig barndom.”

Och jag hör mina egna ord men inom mig ekar en annan

röst, och jag förfäras över hur orden har hamnat i min egen mun. Hur det jag lovade att aldrig, aldrig säga om jag själv fick barn kommer studsande som ett eko genom generationerna. Jag ser både förvåning och rädsla i Viktorias ansikte. För första gången har jag höjt min röst. Hävt ur mig det jag känner utan att först mycket noga begrunda konsekvenserna.

Den rätten har varit förbehållen andra.

”Okej”, säger hon och börjar plocka med sin väska. Hon tar fram sin plånbok och lägger en hundralapp på bordet innan hon reser sig. Jag förmår inte säga ett ord. Hennes omedelbara kapitulation inför min plötsliga ilska gör mig lamslagen. Med min nya blick ser jag med ens att min egen rädsla gått i arv till min dotter. Rädslan att förlora den lilla skärv av kärlek som det ändå gått att hoppas på.

När jag vänder mig mot dörren är hon redan borta. Jag är ensam kvar i en lokal full av människor. Jag hör deras fredagssorl, glättiga ord som inget betyder. De är kvar i världen där man i sin enfald säger *om* jag dör och jag vill resa mig och skrika. *Det heter när! När jag dör! Det som skiljer mig från er är att jag ser hur dagarna försvinner.*

Jag lägger ytterligare en hundralapp på bordet och reser mig för att gå hemåt. Fryser i min fåniga vårkappa. Jag går en lång omväg trots att det är så knappt om tid. Min brådska ligger inte i stegen. Den ligger i nödvändigheten att hinna ställa tillrätta.

Laga, för att våga lämna.

Plötsligt kommer paniken forsande efter mig i de trånga gränderna. Jag inser hur stark min koncentration har varit, hur hela min viljestyrka har krävts för att hålla den borta. Mötet med Viktoria har rubbat min sköra balans. Det finns inga undanflykter, inga försvarliga skäl. Jag ser med ens hela futtigheten i min oförmåga att leva och jag ser alla missade tillfällen. Alla meningslösa samtal där det viktiga hamnade vid sidan om. All förlorad tid och allt jag försummat.

Jag skyndar fram så snabbt jag förmår med mitt opålitliga vänsterben, tar höger in på Göran Hälsinges gränd och när jag nästan nått porten snubblar jag på en gatsten och får ta stöd mot väggen. En lång stund står jag där, först för att hämta andan men när jag lugnat mig blir jag bara kvar.

Jag hör bruset av fredagskväll. Huttrar i den kyliga luften. Den bär doft av matos, en kock lagar mat åt förväntansfulla gäster på någon närliggande krog. Eller kanske en familj lagar fredagsmiddag bakom något av alla upplysta fönster. I grändens mynning mot Västerlånggatan passerar människor på väg någonstans. Ljudet av röster stiger och faller. Steg tonar bort. Ingen av dem vet vad som väntar. För några kommer kvällen att förändra livet, för andra bli en av de som bara gick.

Jag höjer blicken mot himlaglipan mellan husen och ser några stjärnor däruppe. Önskar att jag hade kvar min barnatro. Jag minns hur jag brukade fascineras av stjärnmyllret och grubbla över rymdens oändlighet. Nu är det länge sedan, och jag står en lång stund och funderar över vilka frågor som fortfarande är värda att ställa. Jag kan inte komma på en enda som tycks mig meningsfull.

Jag lämnar stjärnhimlen åt dess öde och knappar in min portkod.

Ganska snart kommer jag att vara vid slutet av min vandring, och där kanske jag får veta, äntligen, vad alltsammans tjänade till.

ANDREAS

Tankarna driver mig till vansinne.

Jag har ältat alla *om* som finns, jag har rekonstruerat händelseförloppet fram och tillbaka men jag finner ändå inget hållbart svar.

Vad jag söker är ett kärnögonblick. Den exakta startpunkten för det som hände. Jag gräver bakåt, men vid varje händelse förgrenar sig vägen åt nya håll, alla skeenden har föregåtts av tusen tillfälligheter som föregåtts av tusen tidigare.

Var det när jag tackade ja till uppdraget att rita hotellet? Vilka tillfälligheter och slumpartade möten gjorde att de valde just mig? Och vad fick dem att bestämma sig för att bygga hotellet över huvud taget? Om jag tackat nej skulle jag och min kollega Caroline inte ha varit på möte med våra uppdragsgivare, vi skulle inte haft någon anledning att promenera genom City och passera den där guldsmedsbutiken. Om inte Carolines man hade blivit adopterad från Korea hade deras dotter aldrig blivit född och skulle inte fyllt år och önskat sig en berlock till sitt guldarmband. Då skulle vi bara passerat och aldrig gått in.

Men det gjorde vi.

Av miljoner tillfälligheter sammanlänkade i ett oändligt nät gick just vi, just då, in i just den butiken.

Vi var de enda kunderna. Caroline stod vid disken och valde medan jag fördrev tiden med att titta på klockor i en glasmonter. Jag såg inte dörren från där jag stod, reflekterade aldrig över att den öppnades. Därefter gick allting väldigt fort. Till hälften dold bakom montern såg jag i ögonvrån hur Caroline knuffades åt sidan. Det tog några sekunder innan jag förstod vad som hände. En man med svart jacka och huva nerdragen över ansiktet riktade en pistol mot kvinnan bakom disken.

”Money! Gold! Quick!”

Expediten stod som paralyserad och stirrade på vapnet. Mannen ruskade en plastpåse från H&M framför hennes ansikte. Jag minns inte att jag tänkte något. Mitt sinne blev blankt, det gick inte att koppla upplevelsen till någon tidigare erfarenhet.

”Hurry!”

Han släppte påsen på disken. Kvinnan stod fortfarande alldeles stilla. Jag vet inte vad som gjorde att han plötsligt fick syn på mig. Kanske rörde jag mig, kanske var det mina andetag. Under bråkdelen av en sekund möttes våra blickar. Två glödande ögon i hålen på en rånarluva. Det var som att bli spetsad på en påle. Rädslan kom som ett piskrapp och fyllde varje utrymme i det som var jag. Han kom rusande mot mig och vapnet trycktes mot min tinning.

”Down! Down!”

Reflexmässigt lyfte jag händerna över huvudet och gick

ner på knä, trycket från pistolen fick mig att fortsätta ner på golvet. Jag hamnade på sidan och drog upp knäna, försökte kura ihop mig, göra mig så liten som möjligt. Jag ville gömma huvudet i armarna men var rädd att råka nudda pistolen. *Fader vår som är i himmelen helgat vare ditt namn.*

”Money!”

Jag tittade upp men förstod att han ropade till expediten. Jag genomfors av tanken att han inte var verklig, han var ansiktslös ondska förkroppsligad i människoform. Men så kände jag lukten av människokropp blandad med tvål eller billigt rakvatten. Den där lukten. Plötsligt fick jag en blixtsnabb skymt från en annan tid, i nästa stund var den borta.

”I will kill him! Give me money!”

Hotet gick som en stöt genom kroppen. Jag var i hans makt och kunde ingenting göra. Kvinnan stod kvar bakom disken med armarna hängande längs sidorna. Hennes mun var öppen och hon tittade på mig som om hon inte kunde förstå vad hon såg. Trycket från pistolen tilltog. Jag låg alldeles stilla. Varenda del av min kropp var sårbar. *Jag vill inte dö snälla Fader vår som är i himmelen helgat vare ditt namn. Fader vår som är i himmelen helgat vare ditt namn …*

Kanske ett år, kanske tio sekunder. Ingen stund i mitt liv har varit så lösryckt ur sitt sammanhang. Allt jag gjorde var att be till Gud, för första gången i mitt liv bad jag till Gud, men jag kan bara inledningsstrofen. Ett kort ögonblick öppnade jag ögonen och såg ett jeansklätt ben och en sliten Nikesko. En grön fläck av gräs. Han hade gått på en vanlig gräsmatta och fått en vanlig gräsfläck på skon. *Han var vanlig! Snälla döda mig inte, jag har också fått såna fläckar på skorna! Jag är som du! Snälla Fader vår som är i himmelen jag vill inte dö!*

Efter en eon hörde jag prassel från en plastpåse och tittade upp. Caroline stod vid disken och tömde sammetsbrickorna med guldberlocker. ”Öppna kassaapparaten!” ropade hon och skyndade runt disken. Hon tryckte på alla knappar men när ingenting hände knuffade hon till expediten som väcktes ur sin handlingsförlamning. Jag hörde ljudet när kassalådan sköts ut och såg Caroline rafsa ihop innehållet och slänga ner det i H&M-kassen.

”It's all money they have. Here! Please don't kill him.”

Trycket mot tinningen släppte. Mannen reste sig och rusade bort till disken, slet åt sig påsen och med pistolen höjd backade han mot dörren. Med foten i dörrspringan stoppade han ner vapnet och i nästa stund var han försvunnen i vimlet på Drottninggatan.

Jag låg kvar, oförmögen att resa mig. Inte en muskel lydde. Pulsen slog i varenda kroppsdel och jag skakade av frossa. Caroline skyndade fram och försökte få upp mig från golvet.

”Ring polisen!” skrek hon men kvinnan bakom disken reagerade inte. Hon andades häftigt med blicken riktad mot dörren. Caroline fick upp mig en bit men jag blev halvliggande med ryggen stödd mot väggen. Hon höll ena armen om mina axlar och med den andra rotade hon i handväskan. Expediten sjönk ihop bakom disken. Jag minns lösryckta ord från Carolines larmsamtal. Rån, pistol, maskerad, svart jacka, H&M-kasse. Men inget annat tills polisen kom. En kvinna och en man, två andra blev kvar utanför dörren. Först då släppte Carolines självkontroll och hon sjönk ner på golvet och brast i gråt.

”Fy fan, fan, fan ...” Hon satt framåtlutad med händerna tryckta mot huvudet.

Synen sände en stöt genom kroppen och musklerna fick tillbaka sin kraft. Jag lyckades ta mig upp på benen. Kvinnan bakom disken hade börjat hyperventilera. Poliserna sjönk ner på huk hos de båda chockade kvinnorna och vände sig till mig för att få information.

”Såg du åt vilket håll han sprang?”

”Till vänster.”

Hon upprepade mina ord i en walkie-talkie.

”Hur såg han ut?”

”Jag vet inte, han var maskerad. Medellängd, kanske som jag ungefär. Vita Nikeskor. Ganska slitna. Han hade jeans och svart jacka.”

”Nåt annat? Kan du avgöra hans ålder med tanke på hans röst eller så.”

Jag skakade på huvudet. ”Ingen aning, han lät kanske inte jättegammal men jag vet inte. Han pratade engelska.”

”Talade han med brytning?”

”Jag vet inte.”

”Såg du vilken färg han hade på ögonen?”

Ett hugg i bröstet. Pulsen pumpade runt mitt blod och jag kände fortfarande varje hjärtslag ända ut i fingrarna.

”Såg du hans ögon?”

Märkligt nog hade jag svårt att beskriva dem. Minnet var mer en känsla.

”Blå eller grå. Ljusa på nåt vis. Jag såg dom bara alldeles kort.”

Caroline hade lugnat sig lite och polismannen vid hennes sida reste sig och kom fram till mig. Han la armen om mina axlar och förde mig mot dörren. Sänkte rösten när han talade.

”Du, vad har du för byxstorlek?”

Frågan var så irrelevant att jag av ren reflex tittade neråt. En mörk fläck hade spridit sig från ljumsken och vidare över vänsterlåret. Blixtsnabbt vred jag huvudet för att se om Caroline tittade men det gjorde hon inte, hon höll på med sin mobiltelefon.

”Får jag bara storleken så ber jag en av killarna utanför att sticka in i butiken bredvid. Det går snabbt. De slår på blåljuset och får gå före i kön.”

Jag förmådde inte le åt hans skämt. Han försvann ut och instruerade en kollega. Jag stod kvar med ryggen vänd mot de andra. Min välgörare kom in igen och gick tillbaka till Caroline. Från min plats vid dörren såg jag en man och en kvinna gå fram och prata med polisen utanför, strax därefter kom de in i butiken. När de gick förbi vände jag mig bort så att de inte skulle se. De var från butikskedjans krisgrupp och sjönk ner vid kvinnan bakom disken.

”Andreas!” Caroline ropade och jag vred på huvudet för att visa att jag hörde. ”Vi får skjuts till kontoret om vi vill. Eller vill du hellre åka hem?”

”Vi åker till kontoret.”

Hon kom fram till mig och jag vände mig bort. Insåg med ens att jag kanske luktade. Hon la armen om mig, var tyst en stund. Gesten visade att hon redan sett. ”Det är lugnt, Andreas. Jag tror att jag också har kissat på mig lite.”

Först då kom ilskan. En ursinnig drift att krossa något, slå sönder och samman, ge efter för spänningen som värkte i hela min kropp. Polismannen kom in med min påse. Utan att möta hans blick slet jag den till mig och höll den som skydd framför underlivet när jag gick in bakom disken och vidare ut i personalutrymmet. Slet i dörrhandtag. En jävla städskrubb. Ett jävla lager. Ett jävla, pissfult pentry med en ännu pissfulare matplats i den här jävla förbannade pissfula guldsmedsbutiken som borde sprängas bort från jordens yta. Jag hittade toaletten, låste in mig och undvek att se mig själv i spegeln. Slet bort etiketterna från ett par mörkblå jeans och ett par gröna kalsonger. Mina tryckte jag längst ner i papperskorgen. Jag lyckades dra på mig byxorna och vek upp de alltför långa benen. Sköljde ansiktet i kallvatten och när jag gick tillbaka ut i butiken hade jag någorlunda lyckats lugna ner mig igen.

Vi åkte polisbil tillbaka till kontoret. Caroline hade ringt och sagt vad som hänt och de tog emot oss i dörren. Vi samlades i köket. Alla ville höra om rånet och vi berättade. Mest Caroline. Jag insåg tidigt att det hon upplevt inte riktigt stämde med mina egna minnesbilder. Tidsaspekten. Ordningsföljden. Under hela redogörelsen satt jag och undrade i vilket ögonblick jag hade kissat på mig. Caroline nämnde inget om saken och jag förundrades över hur stor plats det tog i mitt eget medvetande.

Förnedringen.

Att vara vanmäktig i någon annans våld.

Borde jag ha agerat annorlunda? Jag är relativt stark och vältränad och rånaren var inte större än jag. Varför tog jag inte strid? Grep tag om pistolen när den fanns inom räckhåll. Varför försökte jag inte övermanna honom. Som ende man var det bara jag som kunnat rå på honom. Kanske inbillade jag mig, men jag tyckte mig känna den outtalade frågan runt bordet. Inte från Caroline men från de andra.

”Polisen erbjöd krishjälp om vi känner att vi behöver det. Vi fick numret till Brottsofferjouren. Ska du göra det Andreas?”

”Va?”

”Söka hjälp hos Brottsofferjouren?”

”Jag vet inte. Jag tror inte det.”

Några gav oss rådet att ringa. Andra tyckte det lät överdrivet och hade svårt att förstå vad det skulle hjälpa. Det som hänt hade ju hänt. Och ingen hade ju kommit till skada.

”Jag tror ändå att det är bra att gå och prata med en psykolog eller så.” Någon runt bordet framhärdade. ”Jag har läst om det där. Man kan få nån slags eftertraumatisk stress eller vad det heter när man har varit med om nåt sånt.”

Det ställdes frågor. Gång på gång återkom Caroline till samma detaljer som hon redan berättat. Själv blev jag alltmer fåordig. Och hela tiden jämförde jag mig med Caroline. Hennes uppträdande hade varit oklanderligt. Kanske till och med anledningen till att jag fortfarande var vid liv. Jag kunde inte släppa frågan om jag själv hade lyckats uppbåda samma sinnesnärvaro om rollerna varit ombytta. Jag visste inte. Kanske hade jag blivit handlingsförlamad som kvinnan bakom disken.

Jag drabbades plötsligt av längtan efter Åsa och barnen. Omedvetet hade jag hållit dem borta, de hade inte rymts inom samma tankesystem. Jag tittade på klockan och sa att jag hade bråttom hem för att skjutsa Maja till träningen. Caroline reste sig och gav mig en kram.

Så snart jag stängt dörren bakom mig drabbades jag av ännu ett obehag – en olust över vad som skulle sägas när jag hade lämnat rummet.

Halvvägs till tunnelbanan vinkade jag in en taxi. Den tog mig till Saltsjö-Duvnäs station där jag parkerat bilen samma morgon.

En alldeles vanlig morgon.

Det var bara sju timmar sedan. Jag blev sittande i förarsätet. Betraktade det gamla stationshuset och lät blicken följa de blå tågen som for förbi var tjugonde minut. Människor gick på och av, några kände jag igen från föräldramötena i skolan. Jag kände ett enormt behov av att sitta där och se det bekanta pågå. Ta mig tillbaka till mitt vanliga tillstånd innan jag återförenades med min familj. Skymningen föll. Den lilla parkeringen började tömmas på bilar. *Jag kan inte berätta*, tänkte jag. *Inte för Åsa och barnen. Särskilt inte för barnen. Jag har inte rätt att ge dem den rädslan. Pappor ska inte bli hotade med pistol och ligga vanmäktiga och be för sitt liv. Pappor ser till att inget ont händer. Och Åsa. Vilket av det som hände förmår jag berätta? Jag vet hur hon är, hon kommer locka ur mig varenda detalj. Vilja veta exakt vad som hände och sedan kommer hon bli förbannad över att det drabbat mig och försöka göra något åt det. Men det går inte. Det går inte att göra något.*

Jag tänkte på mina egna föräldrar. Hur de alltid fanns där som en trygghet genom hela min barndom. Kedjehuset i Eskilstuna. Pappa som var lärare och mamma tandhygienist, båda aktiva i samhällslivet och verksamma i ideella föreningar. Hur de försökte göra någon sorts skillnad. Sa att alla i grunden var goda. Att en del hamnade snett, men då fanns det alltid en anledning. Jag tänkte på pappas engagemang i sina elever, hur ofta han sa hur sorgligt det var att det redan i skolåren gick att ana vilka som skulle klara sig hyggligt i livet. Att han bara behövde träffa stökiga elevers föräldrar någon enstaka gång för att kunna förutspå framtiden. Hur nedslagen han blev varje gång han fick rätt. Klok och snäll. Min pappa visste alltid vad som behövde göras.

Nej, jag kan inte berätta. Mina barn har rätt till samma trygghet som jag fick när jag växte upp.

Hallen doftade vitlök och curry. Tisdag och torsdag är Åsas matlagningsdagar, jag har måndag och onsdag. Det ger den ena av oss möjlighet att jobba senare varannan dag.

”Hej, vilken bra tajming. Det är klart om tio minuter.”

Jag gick in i badrummet, tog av mig kläderna och knölade in dem i tvättmaskinen. En stund blev jag sittande på huk och såg vattnet stiga i trumman, hur den snurrade ett varv, hur plaggen sakta dränktes. Egentligen ville jag duscha men fick nöja mig med att tvätta händerna. Jag stod och synade mitt ansikte i badrumsspegeln när Åsa ropade att maten var klar. Mina blöta fingrar rättade till frisyren, jag drog på mig ett par joggingbyxor och gick mot köket.

”Din mamma ringde nyss. Dom har tjugo grader i Malaga.”

”Låter härligt.”

”Skojar du. Jag tycker vi också ska flytta dit när vi blir pensionärer. Din pappas ledbesvär har tydligen blivit mycket bättre. Du förresten, jag tänkte på det där med veckans matkasse som vi har pratat om.” Åsa ställde ner en skål med ris på bordet och fortsatte mot kylskåpet. ”Elins föräldrar säger att det fungerar jättebra. Man får hem ingredienser och recept för fem middagar på söndagskvällen och man behöver bara ha vissa grundgrejer hemma, som olja och smör och mjöl och sånt. Vore inte det jätteskönt? William! Maja! Kom nu!” Hon gav mig en hastig blick och skruvade av locket på chutneyburken, drog ut en låda och tog fram en sked. ”Vore det inte det?”

”Jo.”

”Jag menar, tänk vad skönt att slippa planera hela veckans mat. För att inte tala om hur mycket tid vi skulle spara om vi slapp att storhandla på helgen. Kom och sätt er nu.”

Maja och William satte sig på sina platser. Åsa la upp ris på deras tallrikar. Vi har flera gånger pratat om att de borde göra det själva nu, de har ändå fyllt sju och nio, men det är som om det aldrig finns tillräckligt med tid för att låta något gå långsammare än nödvändigt.

På något vis tog jag mig igenom kvällen. Jag läste läxor med William, rensade virus på Majas dator, hängde tvätten och för att hålla mig undan en stund sorterade jag allt som var rent. Kanske var jag mer tystlåten än vanligt, men ingen i familjen tycktes märka något. När barnen somnat föreslog Åsa att vi skulle se en film. Jag sa att jag ville gå och lägga mig. Skyllde på att jag behövde läsa manualen till uppdateringar i mitt ritprogram. I över en timme låg jag och stirrade på sidorna utan att läsa ett ord, jag bara bläddrade med jämna mellanrum. Först när Åsa somnat la jag ifrån mig häftet och släppte efter. Utmattningen kom som ett slag. Dagen hade kostat all min kraft och jag drog efter luft som en andfådd. Åsa låg på rygg med armen böjd över huvudet. Hennes fot vid mitt ben, en avsiktlig beröring. Jag la mig på sidan och betraktade henne. Försökte andas i hennes rytm.

Min fru, min livskamrat.

Med ens så förunderligt.

Försiktigt lät jag en fingertopp stryka längs hennes arm och beröringen åstadkom ett litet hack i andetagen. Jag hade tagit det för givet. Sett det som självklart att vi skulle ses om kvällen, somna i vår dubbelsäng, vakna tillsammans om morgnarna. Aldrig insett hur skört allting är, att en ödesmättad sekund är allt som krävs.

Jag genomfors av en djup tacksamhet. Jag levde, och Åsa och barnen fanns i mitt liv. Tanken att förlora dem blev outhärdlig. I det ljuset framstod mitt hemlighållande oförsvarbart, nästan som en otrohet. Rädslan jag upplevt hade rubbat mitt innersta och om jag inte berättade skulle Åsa inte längre veta vem jag var.

Jag lät fingret stryka lite hårdare. Ville inte väcka henne, ville att hon skulle vakna ändå. Hon rörde sig lite men sedan föll andetagen tillbaka i sin jämna rytm. Jag förmådde inte ligga kvar. Med ett ryck klev jag upp ur sängen och drog på mig morgonrocken, men trots mina häftiga rörelser sov hon vidare.

En stund stod jag kvar i dörröppningen och hoppades.

Lampan var släckt i Majas rum. Jag tände i hallen utanför och lät ljuset falla in över sängen. En lång stund stod jag bara där och såg henne sova. Fortsatte in till William, han hade som vanligt somnat med lampan tänd och jag satte mig på hans skrivbordsstol. Mindes alla gånger då jag förbannat klockan när det dragit ihop sig till hämtning på dagis och fritids. Helgmorgnarna när jag hellre velat sova än att tillbringa dem med mina barn. Gånger då jag lekt med tanken på hur skönt det ska bli när de är större och tillvaron inte längre kommer gå ut på att skynda sig.

Där och då var det ofattbart.

Det var så mycket jag varit nära att förlora.

När jag gick och la mig var jag fast besluten att nästa dag skulle jag berätta.

Men det gjorde jag inte.

Vi stressade som vanligt under morgonen och på jobbet

kändes det nästan som förr. Caroline och jag åt lunch men pratade bara kort om det som hänt. Snart var vi tillbaka i vår vanliga jargong och vi ägnade dagen åt att sammanfatta gårdagens möte om hotellet. Jag kände mig bättre till mods. Hemma på kvällen orkade jag inte riva upp allt igen. Så jag lät det bli osagt.

Och dagarna gick.

Kanske såg jag mig oftare över axeln på tunnelbanan och kanske reagerade jag kraftigare på plötsliga ljud. Men jag fungerade. Jag såg min familj med nya ögon och uppskattade våra gemensamma stunder på ett helt annat sätt. Caroline och jag fortsatte med hotellritningarna och kunden var nöjd, vi började närma oss slutfasen. Därför kom mitt utbrott så oväntat. Det var strax efter lunch. Jag satt vid mitt ritbord. Caroline stod en bit ifrån och pratade med en kollega om sin nya lägenhet.

”Jag trivs verkligen. Nu är det bara några hyllor kvar som ska upp på väggen, annars har jag nästan möblerat klart. Jag måste be nån komma hem och hjälpa mig att skruva upp dem. Det är såna där jäkla stenväggar.”

Inget av det som sas var riktat till mig. Ändå blev jag irriterad, det var en rent fysisk upplevelse. Något brände i mellangärdet.

Caroline ropade över rummet. ”Danne, kan inte du komma hem och hjälpa mig att borra hål i väggen i min lägenhet? Jag behöver få upp en hylla.”

Jag släppte pennan. Oförmögen att hejda mig vände jag mig mot Caroline. ”Varför gör du inte det själv? Det är väl bara att köpa en borrmaskin.”

”Jag har en borrmaskin.”

”Så vad är problemet? Då är det väl bara att borra.”

Jag uppfattade hennes tvivel. Hon var osäker på om jag skämtade. Inom mig växte vreden och min röst blev taggig och kärv.

”Vad är det för jävla jämlikhet? Varför skruvar du inte upp din hylla själv?”

Aktiviteten i rummet avstannande. All uppmärksamhet var riktad mot mig och jag for upp ur stolen.

”Jag blir så jävla förbannad! Det tjatas om mansgrisar som inte kan tvätta och städa och laga mat men vad håller ni själva på med? Ska vi ha jämlikhet så får väl ni kvinnor också ändra er och lära er sånt som bara män gjorde förr. Eller va? Vad skulle du tycka om jag bad dig komma hem och hjälpa mig stryka några skjortor?”

Det blev alldeles tyst på kontoret. Det enda jag hörde var min egen puls. Någon ställde ifrån sig en kaffekopp på diskbänken och jag ryckte till av ljudet och snodde runt. ”Hur fan ska man kunna arbeta på det här stället när det alltid är sånt jävla liv!”

Jag rafsade ihop mina ritningar och tryckte ner dem i väskan. ”Jag är så jävla trött på allt gnäll!”

Och med de orden lämnade jag min arbetsplats. Jag har inte återvänt. Men nu börjar tiden rinna ut. Caroline lämnar meddelanden flera gånger om dagen och Åsa kräver snart att jag går till vårdcentralen.

Ingen mer än jag vet vad som hände.

Ingen kan någonsin förstå.

Det är de där ögonen. De sitter som ett brännmärke på näthinnan.

Hans ansikte var dolt.

Mitt var blottat.

I all framtid ska han känna igen mig, men jag kommer aldrig veta om vi möts.

BODIL

Jag har börjat drömma. Inte om framtiden så klart, det har jag nog aldrig gjort och nu är det för sent, men om natten far jag till främmande platser och upplever sällsamma ting. Jag förundras över intensiteten. Drömmarna rymmer landskap jag aldrig sett och människor jag aldrig mött och jag frågar mig hur de hittar in i min hjärna. Varifrån de kommer.

Ofta står jag vid ett vatten. Jag ser stora fiskar röra sig under ytan, ibland som enorma skuggor, ibland är vattnet klart och avslöjar varje skimrande fjäll. Ibland skrämmer de mig, trots att jag står uppe på land och de inte kan nå mig.

Varje morgon ligger jag kvar en stund och sammanfattar nattens äventyr, jag inbillar mig att de vill mig någonting. Om inte annat sortera stort från smått, hjälpa mig att mejsla fram det väsentliga.

Den här veckan har jag insett något viktigt. Inte genom drömmarna utan genom nätet. Jag skrev ordet *döden* i sökrutan och fick 5 670 000 träffar. Kanske inte så konstigt med tanke på att den drabbar oss alla förr eller senare. Om inget annat har vi åtminstone det gemensamt, även om få verkar vilja erkänna det. För mig var det ett sätt att bekanta mig med begreppet, men det jag läser gör mig konfunderad. Jag känner inte igen mig i texterna där skräck och dödsångest finns som en självklarhet och det har tvingat mig till självrannsakan. Kanske är det något fel på mig? För jag är inte rädd. Jag tror varken på himmel eller helvete och den tomhet jag förväntar mig efteråt känns mer som en befrielse. Under perioder av livet har jag till och med glatt mig åt tanken. Längtat efter lugnet. Kanske till och med efter friheten.

Jag är nog en sådan som ägnat ovanligt få tankar åt vad som väntar efter döden. Frågan har aldrig intresserat mig, eftersom det ändå inte går att få något svar. Jag har tänkt låt ske det som sker, och det slår mig att mycket har varit så i mitt liv – att jag låtit ske det som sker. Som om delaktigheten i mitt eget liv har skrämt mig mer än det som väntar efteråt.

Det svåra är att föreställa sig att inte finnas till. Det läget är omöjligt för hjärnan att begripa, men egentligen är väl det bara ett logikproblem som löser sig självt i den stund när jag aldrig behöver tänka mer.

Kanske vänjer man sig vid döden när den strukit förbi några gånger på nära håll. När den hämtat några av ens närmaste. Visst har den tvingat ner mig på knä en stund, men varje gång har jag rest mig igen och livet har gått vidare. Varför skulle min egen död vara så mycket märkvärdigare? Det vore väl höjden av arrogans att se sig själv som så oumbärlig. Att just jag nödvändigtvis måste finnas till. Och jag har aldrig saknat tiden innan jag föddes, varför skulle jag då sakna den som börjar just när jag dött?

Nej.

Dödens smärta bärs av dem som blir kvar. Av dem som måste fylla tomrummet. Och hur illa Viktoria än tycker om mig, så vet jag av egen erfarenhet att det är svårast att fylla hålet efter den man innerst inne aldrig har haft. Därför står jag i skuld, och jag känner oupphörligen brådskan, men vet inte vad jag ska göra med den.

Det har gått två veckor sedan vi sågs. Jag har vägt mobilen i handen så många gånger men lagt den ifrån mig utan att ringa. Jag vet helt enkelt inte vad jag ska säga.

Nej. Själva döden skrämmer mig inte. Det är vägen dit som fyller mig med vanmakt så stark att den tar andan ur mig. Min kropps alla muskler håller på att förtvina. En efter en ska sluta fungera och det kommer en dag när jag blir fullständigt utlämnad till andras vård. Inget skrämmer mig mer än det. All min självbehärskning krävs för att undvika tanken.

Att be om hjälp är att hamna i skuld.

Den jag redan bär är mer än nog.

Därför har jag fattat ett beslut. Jag har förhört mig om alternativen, enligt min läkare har jag rätt att avsäga mig livsuppehållande vård, däremot får hon inte ge behandling med syftet att avsluta mitt liv. Jag förstår inte riktigt vad hon menar. Hur ska jag kunna säga nej den dag jag inte längre kan tala? Långt innan jag dör ska min tunga och mina läppar förlamas. När jag inte kan svälja längre kommer maten att pumpas in genom en slang i min mage. När lungorna drabbas blir jag lagd i respirator. När jag får liggsår, förstoppning och svåra smärtor kommer de ge mig smärtstillande. Och mot ångest ska jag få annan medicin.

Men de kommer inte att hjälpa mig dö.

Jag minns grannens hund. Den jag brukade rasta och som jag låtsades var min alldeles egen. När den blev sjuk och livet en plåga var det självklart att hjälpa den att somna in. Det sågs som en kärlekshandling. Jag stod där med min saknad, men ägarna förklarade att det varit själviskt att låta den fortsätta lida för att skona oss själva från sorgen.

Annat är det med människoliv. När kroppen ger upp får maskiner ta över, varje förlängningssekund tycks vara av yttersta vikt, även om de bara ska uthärdas. Det tycks vara en ren principsak. Som friska har vi rätt att bestämma över våra liv, som döende vet samhället bättre. Jag finner det märkligt. Dagligen läser jag om besparingar i sjukvården, hur man skär ner på resurserna. Att svårt sjuka får köa i månader. Att vårdpersonal går på knäna av tidsbrist och frustration över fullbelagda avdelningar där patienter tvingas ligga i korridorerna.

Så varför ska de då prompt hålla liv i just mig?

Inget av det där sa jag till min läkare. När det stod klart att hon inte kunde hjälpa mig blev jag varsam med orden. Jag vill inte avslöja mina planer för någon som kan komma att bli min fiende.

För jag har bestämt mig.

”Sover du om nätterna?”

Hon frågade när vi varit tysta en stund.

”Nej”, sa jag, trots att jag sover bättre än någonsin nu när jag slipper Kristers snarkningar.

”Är det själva insomningen som är svår eller vaknar du om nätterna?”

”Både och.”

Hon började knappa på sin dator. ”Jag skriver ut både

insomningstabletter och några som hjälper dig sova hela natten. Kronisk trötthet är ett av symptomen och du behöver all sömn du kan få."

Efteråt gick jag raka vägen till apoteket. Askarna har jag lagt i badrumsskåpet och jag tittar på dem varje kväll när jag borstar tänderna. Jag vet inte hur många som behövs, men jag hinner fylla på med fler innan det är dags.

Jag ser det som min rättighet.

Men än finns det tid. Än så länge andas jag själv.

Och märkligt nog känner jag mig mer levande än någonsin.

Jag sitter med morgonkaffet i fönsternischen. Grannarna mitt emot har gått till jobbet och det finns inte mycket att titta på. Det gör ingenting. Jag sitter ofta här numera. Tänk, jag som haft så svårt att vara still och alltid velat ha något för händerna. Nu kan jag sitta i timmar och glo. Det är mycket som vill bli begrundat. Ibland känns det som om jag har ett olagt pussel i huvudet, ett sådant där med tusen bitar och motivet nästan bara himmel. Farmor brukade ha ett på sidobordet i köket som det tog henne veckor att lägga. Hon gick dit då och då, stod länge och prövade tills hon hittade en bit. Själv förstod jag aldrig vitsen.

Det gör jag nu.

Jag känner ett rasande behov av att hitta bitar. Få ihop en överskådlig bild av alla tillfälligheter som format det liv som blev mitt. Kanske är det vad man menar med att försonas med sitt öde. Det låter lite storvulet i mina öron, men innan jag dör vill jag förstå varför det blev som det blev.

Varför jag ödslade bort så mycket tid.

Den här veckan har jag skaffat mig rutiner. Dagen börjar här i fönsternischen med kaffet, därefter ger jag mig ut på promenad. Ibland tar jag bussen för att komma en bit, jag vill helst vandra olika sträckor. Det finns så mycket att titta på som jag aldrig har sett. Lunch äter jag någonstans längs vägen. Därefter går jag hem och sover. Orken är inte som förr och det krävs att jag vilar ofta. Vid fyratiden går jag ner till restaurangen. Jag väljer alltid samma bord och nu har personalen börjat byta några ord med mig, för första gången i mitt liv har jag gått och blivit stamgäst. Jag tar med en bok och läser medan jag njuter mitt vin, men mest kikar jag över kanten och smyglyssnar på dem runtomkring mig.

När jag kommer hem utforskar jag innehållet i pappas kartonger. Han måste ha kört hit det mesta, det förklarar varför jag fann så få personliga papper och fotografier i servicelägenheten. Jag bläddrar mycket långsamt. Varje ark blir till en av de där bitarna jag söker. Inget av det jag hittills hittat avslöjar några hemligheter, men svart på vitt och med min nya blick blir allting mycket tydligare.

I går gick jag förbi en resebyrå som hade en tankeväckande skylt i fönstret. *Tio platser på jorden du måste se innan du dör.* De var frikostiga med förslag, och jag blev stående länge och funderade. Jag kunde inte komma på en enda plats jag absolut måste se, däremot några till vilka jag gärna skulle vilja återvända. Uppleva dem igen med min nya blick.

Vi är sällan medvetna om när vi ser något för sista gången.

Farmor och farfars lilla hus utanför Nyköping. Jag skulle vilja gå stigen ner mot sjön och se om fötterna minns alla stenarna. Skogsdungen bakom hyreshuset i Aspudden, dit jag och Dorothy tog vår tillflykt när mamma fått ett utbrott och pappa sa att hon inte riktigt var att räkna med. Den vidunderliga vandringsleden till Trollsjön i Abiskos vildmark, dit jag fick följa med min far en gång.

Men vi kan inte få allt här i livet.

Farmor och farfars hus såldes i slutet av sjuttiotalet och vandringsleden till Trollsjön ligger nu oåtkomlig på grund av mitt skraltiga ben. Men till Aspudden ska jag åka så snart jag har druckit ur mitt kaffe.

Jag klär mig varmt. Vårvärmen låter vänta på sig, de senaste dagarna har varit mulna. Det gör ingen större skillnad i Gamla stan där solen har svårt att hitta ner i gränderna. Jag går mot tunnelbanestationen vid Mälartorget. En man säljer blommor och jag får lust att köpa en bukett. Det finns ingen att ge den till dit jag är på väg, men numera följer jag oftast mina impulser.

Jag låter blicken svepa över blomsterhavet. Som årstiden bjuder är det mest tulpaner. Jag vill köpa något annat för tulpaner luktar bajshink och nerpissade lakan på Granebo.

”Tio tulpaner för fyrtio kronor, två buketter för sextio.”

Försäljaren ler och jag möter hans blick, glömmer svara och ser på tulpanerna. I hela mitt liv har jag undvikit dem. Det räcker med anblicken för att känna lukten. Ändå har jag aldrig satt min fot på Granebo, jag vet inte hur bajshink och nerpissade lakan luktade där.

Det visste däremot min mamma.

Är det möjligt att ta över någon annans minnen?

”Jag tar två”, hör jag mig själv säga och tar fram min plånbok.

Resan med tunnelbanan tar inte mer än elva minuter. Ändå känns det som om jag reser till en annan tid. Jag vandrar utmed gatorna i min barndoms Aspudden, min gamla skola, huset där kvartersbiografen Tärnan låg, den nedlagda matbutiken. Jag letar förgäves efter badhuset dit vi gick med pappa ibland om söndagarna, minns klorångorna som slog emot oss innanför entrén, hur huden kunde bära lukten i flera dagar. Badhuset är jämnat med marken och har gett plats åt ett dagis.

Jag inser att mycket förändrats under åren som gått. Mina minnen har dock inte genomgått någon modernisering. Vissa har sylvassa kanter som jag närmar mig med försiktighet. Andra är mer fragment och jag önskar att jag kunde fråga min syster om fler detaljer.

Min lillasyster Dorothy.

Döpt efter huvudpersonen i Trollkarlen från Oz, filmen mamma påstod räddat hennes liv. Självklart fick Dorothy smeknamnet Dorran redan första skoldagen, vilket vi noga aktade oss för att nämna för mamma. Hon hade berättat filmens historia så många gånger att när den äntligen visades på Aspuddens biograf blev jag så besviken att jag grät på vägen hem. Naturligtvis inte så det märktes, herregud, så bra som jag hade det grät man verkligen inte hur som helst. Mammas version hade haft föga gemensamt med den på bioduken. Egentligen inte så konstigt eftersom hon bara sett den en enda gång, och lägger man till hennes benägenhet för drama ter sig förvanskningen självklar.

Det var mycket med min mamma. Det fanns en förklaring till att hon var som hon var, men det tröstade sällan i stunden. Att hennes barndom varit ett helvete har aldrig någon ifrågasatt. Allra minst jag. Och inte pappa heller som aldrig vek från hennes sida. Ändå ägnade hon mycket tid åt att övertyga oss. Vårt frivilliga medlidande var inte nog, hennes sår var bottenlöst och graden av lidande kunde vi aldrig begripa. Hon behövde upprättelse sa hon, och det fanns ingen annan än vi i familjen som kunde ge henne den.

Jag minns inte hur gammal jag var när hon berättade första gången. Efter det visste jag alltid vad som väntade när hon kom med sitt tummade fotoalbum. Först hennes redogörelse, därefter min egen skräck.

”Några veckor gammal, man vet inte säkert. Så liten och hjälplös var jag när dom hittade mig på trappan till Vidtuna barnhem.”

Hon visade en bild av ett ganska vackert vitrappat hus. När jag blev stor nog förstod jag att krumelurerna under stod för årtalet 1929.

”Får man verkligen göra så mot barn?” minns jag att jag frågade en gång i tidernas begynnelse.

”Mot barn kan man göra vad som helst. Precis vad som helst. Det är jag ett levande bevis på.”

De orden glömde jag aldrig.

”Mina första år i livet satt jag i en spjälsäng av järn. Trots att jag var så liten minns jag fortfarande dom kalla spjälorna, hur jag försökte vagga mig själv till sömns. Enda gången nån lyfte upp oss var när vi fick nya blöjor. Vällingflaskan höll jag själv så snart jag kunde gripa den med händerna.”

Det hemskaste fotografiet i albumet var från en sovsal med spjälsängar radade längs sidorna. Barnen i dem såg så förtvivlat uppgivna ut att bilden gjorde det svårt att andas.

”Det var förbjudet att gulla med barnen. Ingen skulle favoriseras.”

”Stackars mamma, så ensam du måste ha varit.”

”Jo du Bodil, ensammare än så kan nog ingen människa bli.”

”Om du och pappa dör, kommer jag att hamna på barnhem då?”

”Vad är det för struntprat, vi ska väl inte dö.”

”Men om ni blir överkörda av en bil?”

”Äh, fråga inte så dumt. Var glad över vad du har istället. När jag var i din ålder var min högsta önskan att få ha det som du.”

Jag slutade ställa frågor. Svaren stärkte bara min oro och jag lärde mig tänka på annat tills hon var klar med sin berättelse.

Efter två år dök det upp en ung kvinna som tog på sig moderskapet. Hon vägrade uppge vem pappan var för mamma var född utanför äktenskapet, en vanära som gjorde henne till ett oäkta barn. Ett rättsbegrepp på den tiden. Det fanns inga foton av min mormor i albumet, men jag gjorde mig bilden av en utmärglad flicka med huckle och trasiga kläder. Ett knyte med svavelstickor hade hon också, vad nu svavelstickor var för något. Mamma påstod dock att hennes mamma inte alls var särskilt fattig. Skammen att föda ett oäkta barn var så stor att många ogifta mödrar tvingades till drastiska beslut. I alla samhällsklasser.

”Se till att bli gift innan du släpper till. Visst har tiderna förändrats men karlarna är som dom alltid har varit, när dom fått det dom vill ha förlorar du den lilla makt du har. Glöm inte det.”

Jag la det på minnet, men när jag förstod vad som menades hade jag ändå blivit en av dem som stod vid sidan om när det började trevas på hippor och skoldanser. Utan anbud gick det inte att släppa till vare sig jag ville eller inte.

I alla fall, mammas mamma gav sig alltså till känna. Hon hade gift sig och ville hämta sin dotter, men vid det laget hade barnhemsläkaren konstaterat att mamma var "otvivelaktigt efterbliven" och "konstaterat sinnesslö". Därför fick min mormor rådet att glömma sitt barn. På den tiden skulle samhället skyddas från handikappade och utvecklingsstörda och lösningen var att de gömdes undan på låsta institutioner. Min mamma blev kvar på barnhemmet och efter ett år skickades hon till idiotanstalt. Det var så de kallades i folkmun.

"Jag var bara tre år gammal och bodde med svårt utvecklingsstörda och missbildade tonåringar och vuxna, både män och kvinnor. Gud vet hur jag överlevde."

Efter första titten ville jag aldrig mer se bilderna i mammas fotoalbum. Ändå såg jag dem så många gånger att *Granebo sinnesslöanstalt för obildbara* blev införlivat i mitt eget minne. Tulpanerna som växte i rabatterna. De som någon ryckte upp en gång ochförorsakade gruppbestraffning. Två dygn utan mat och med dörren låst till sovsalen.

Som liten fick jag höra så mycket om vad hon såg under de där åren att jag sov med lampan tänd upp i tonåren.

När mamma kommit så långt i berättelsen brukade jag lyssna igen, för efter ett par år i misären hände det fantastiska. Personalen började misstänka att det kanske begåtts ett misstag.

"De märkte att jag inte var som dom andra. Bara en sådan sak att jag gjorde mina behov på toaletten. Det var det ingen annan som gjorde, det kan jag tala om för dig. Och trots att jag var så mycket yngre fick jag hjälpa dom andra, jag bäddade deras sängar och drog på dem strumporna, gick emellan när det blev bråk och det var till mig dom gick när dom var ledsna. Inte underligt att personalen blev förbryllad."

Askungen och Flickan med svavelstickorna bleknade i jämförelse. Fortsättningen överträffade alla sagor jag någonsin hört och jag älskade att höra om hur man larmade översköterskan, att hon var en snäll, barnlös tant i femtioårsåldern, hur det utfördes tester och prov tills det fastslogs att mamma var en normalbegåvad femåring. Om än något sen i finmotoriken, vad nu det betydde. Journalen fanns också i albumet. Mammas sena spädbarnsutveckling hade berott på brist på utifrånkommande stimuli, som det stod antecknat med sirlig stil.

Jag älskade att höra om hur mamma fick flytta in hos översköterskan och att hon några år senare blev adopterad. Att sköterskan hette tant Bodil och att det var efter henne jag fick mitt namn. Men ur denna del av skildringen uteblev ofta detaljerna, den berättades mer summariskt och med avsevärt mindre glöd.

"Om du visste hur rädd jag var de första åren hos tant Bodil. Jag var så rädd att göra fel eller ha sönder nåt som skulle göra att hon skickade iväg mig igen. Jag visste ju inget om hur man gjorde i ett vanligt hem och nog ställde hon lite för höga krav i början. Men hon var snäll, tant Bodil, det kan jag inte ta ifrån henne, förmodligen räddade hon mitt liv. Om hon inte gjort det hade du inte heller funnits. Tänk på det, hur nära det var att du aldrig blev till. Jag kunde lika gärna ha blivit kvar där på Granebo och då hade jag aldrig träffat din pappa och du hade aldrig blivit född."

Till denna dag vet jag inte om hon sa så för att hon var tacksam.

Min mamma fanns i två varianter – sovande eller sysselsatt. Städa, tvätta, putsa, stryka, baka och städa igen. Det fanns inga mellanlägen. Jag önskade ofta att hon skulle vara mer som andras mammor, ta lite mindre plats, inte vara riktigt så glad, arg, trött, ledsen, svartsjuk eller bråka med tanten på Konsum, sotaren, grannen, väninnorna, sophämtaren eller tidningsbudet. Vad som helst kunde utlösa ett utbrott. En mjölkförpackning med utgånget datum i kyldisken eller sotarens spår i trappuppgången. Att grannen hälsat ovanligt avmätt eller att tidningsbudet försovit sig. Ingen känsla fick stryka förbi utan att levas ut till fullo. Dorothy och jag lärde oss anpassning efter stunden, vi höll andan medan stormen pågick och öppnade dörren försiktigt varje gång vi kom hem.

I perioder låtsades jag att det inte var något egendomligt med min mamma. Som jag minns det kunde stämningen vara någorlunda god så länge inget oväntat hände. Jag försökte hålla uppsikt – om jag upptäckte faran i tid kunde jag oftast reducera följderna.

I efterhand har jag tänkt att mamma njöt av tumult. Att larmet omkring henne fick det att stillna inombords. Om så bara för ett ögonblick.

Hur mamma och pappa träffades, eller hur det kan ha gått till, förblir ett mysterium. Kanske föll de för sin egen motsats. Pappa var åtta år äldre, stillsam och tystlåten, det lilla han sa var förankrat på saklig grund. Han var född med gomspalt och från näsan till överläppen löpte ett lodrätt ärr. Därför bar han alltid mustasch, men en nasal ton i rösten avslöjade den lilla defekten. Kanske var det därför han blivit så tystlåten. Min far hade svårt med orden. Ändå var det till honom jag gick om oron blev mig övermäktig.

”Det blir bra ska du se”, var allt han sa. Men då kändes det lite lättare.

Han hade flyttat till Stockholm som sextonåring och för mig var hans barndomshem själva sinnebilden för trygghet. Det låg strax utanför Nyköping och Dorothy och jag var ofta där under loven. Farfar var snickare och kunde bygga vad som helst av några brädbitar och lite spik. Han hade sin verkstad i ett uthus och där lät han mig och Dorothy svarva och prova på alla verktyg med ett tålamod vi inte var vana vid. Kanske fanns det även hos pappa, men han höll sig så mycket för sig själv.

Farmor skötte trädgården. Där fanns äppel-, plommon- och päronträd och buskar med hallon, krusbär och vinbär. Allt ätbart förädlade farmor till sylt och mos och våra sommarlovsdagar var fyllda av utflyktskorgar med släta bullar och vinbärssaft. Men bäst minns jag kräftfisket i sjön. Hur skenet från våra ficklampor svepte över det mörka vattnet i augustinatten.

Den enda som inte trivdes var mamma.

Det fick pappa veta på vägen hem.

”Jag står inte ut. Det enda dom pratar om är hur stolta dom är över dig och hur duktig du var som liten. Dom ser ner på mig, märker du inte det? Jag är inte fin nog i deras fisförnäma ögon.”

Det var de enda gångerna jag såg pappa arg. Men vad hjälpte det? När mamma väl bestämt sig för något var det fakta som gällde. Jag minns tågresor hem när bråket drog till sig de andra passagerarnas blickar. Hur jag skämdes över min egen familj.

Ibland önskade jag att pappa skulle bli arg lite oftare. Jag ville att han skulle sätta stopp för hennes gränslöshet. Ofta var det han själv som blev måltavla. Då stod han tyst och tog emot, till och med när hon härmade hans nasala röst. När hon var färdig gick han och hämtade kikaren och sin fågelbok och gick ut. Då blev hon ännu argare. I efterhand har jag undrat om hon medvetet provocerade honom för att få en reaktion, att hon sökte något som bekräftade att hon fanns och betydde något.

Men pappa fortsatte tiga. Kanske var det hans hämnd.

Han arbetade som förste montör på Liljeholmens kabelfabrik och med jämna mellanrum for han iväg några veckor för att göra någon avancerad installation. De veckorna smögs det extra tyst för att inget skulle misshaga mamma. När pappa var borta var vi skyddslösa om hon tappade fotfästet. Hon var ofta ledsen när han var bortrest. Ibland bad hon mig sitta på sängkanten när hon la sig om kvällen.

”Bara en stund, tills jag har somnat.”

Hon bad alltid mig.

Aldrig Dorothy.

Jag tyckte så synd om mamma när jag satt där och väntade på att hon skulle somna. Tänkte på allt hemskt hon varit med om. Som vuxen har jag frågat mig när man kan kräva av en skadad människa att bli en trygg och ansvarstagande förälder. För problemet var att hur illa behandlad hon än hade blivit så var hon min mamma, och jag var ett barn.

Och det var Dorothy också.

Två år skilde oss åt, och en uppsättning gener som mixats så olika att det var underligt att vi kom från samma föräldrar. Ändå var det tydligt att vi gjorde just det, hon bar samma bruna lockar som mamma medan mitt hår var blont och rakt som de flesta i pappas släkt. Jag var spinkig och mognade sent,

Dorothy fick former tidigt och mens först i klassen medan jag var sist i min. Hon var snabb som en vessla på korta sträckor men jag vann alltid i uthållighet.

Men tydligast var skillnaden på insidan. I sättet vi hanterade världen. Vi växte upp i samma hem, sov i samma rum, åt samma mat och tillbringade stor del av vår tid på samma plats. Ändå blev vi så olika. Det får mig att tro att vi bär med oss en stor del av vår personlighet redan när vi föds, för är det bara miljö som formar en människa strider Dorothy och jag mot vetenskapen.

”Ta en då!”

”Nej, det får vi inte.”

Dorothy hade hittat en oöppnad chokladask hos en av farmors bekanta. De vuxna sitter i köket och dricker kaffe medan vi har gått på upptäcktsfärd i det främmande huset. Jag är kanske åtta år och Dorothy sex, sedan länge är det hon som tar initiativen.

Hon pillar lite på den inplastade asken. ”Om jag öppnar den då?”

”Dom kommer ju märka det. När plasten är borta. Det kanske är en present dom tänkt ge bort.”

”Jamen vi tar bara var sin. Det gör väl inte nåt, det kommer ju ändå finnas så många kvar.”

Innan jag hinner säga något mer har hon tagit bort plasten och locket är öppnat.

”Ta en nu!”

”Ta en själv!”

Dorothy funderar bara ett ögonblick. ”Vi tar dom samtidigt.”

Och så gör vi det. Och på natten efteråt ligger jag vaken och våndas över vår tarvliga stöld. Jag räds upptäckten och skammen som väntar när jag ska erkänna skulden. Farmors besvikelse över min uselhet.

I sängen intill sover Dorothy som om det hela var en ren bagatell.

Vad jag minns sa aldrig någon något om saken. Nya dagar kom och gick. Men resten av lovet såg jag inte farmor i ögonen en enda gång. Vad som utspelades i Dorothys samvete vet jag inget om. Jag kunde avundas hennes sätt att lägga saker bakom sig, hur hon tordes tänja på gränserna utan att frukta konsekvenserna. Mitt sinnestillstånd under uppväxtåren är som ett töcken, jag minns bara rädslan att göra något fel och den vaga känslan av skuld.

”Du är så lik din far.”

Så sa ofta mamma. Till mig men aldrig någonsin till Dorothy. Hon log när hon sa det, ändå dröjde det innan jag förstod att det var en komplimang. För det borde ha varit mamma och Dorothy. De var ju så lika varandra. Under mammas värsta utbrott höll vi ihop Dorothy och jag, vi gjorde oss obetydliga och sprang ut till skogsdungen eller satt tysta inne på vårt rum. Men när mamma var på gott humör kunde Dorothy ta ut svängarna nästan som mamma gjorde. Hon kunde bli arg eller sura för minsta småsak och jag förstod aldrig hur hon vågade. Med tiden insåg jag straffet. Den där svarta glimten i mammas blick när hon såg på Dorothy. Där fanns en skymt av förakt. Och jag minns rädslan över att upptäcka den i hennes ögon även när hon såg på mig. Men istället kom de där orden: *Du är så lik din far.* Och jag försökte ta dem till mig, men det var så förvirrande eftersom jag aldrig riktigt visste vem pappa var. Det vet jag fortfarande inte. Jag brukar tala med honom när jag besöker hans grav, och faktiskt är det först nu vi börjar få ett riktigt samtal. Det säger ju en del om hur tyst han var medan han fortfarande levde.

”Bodil!” kunde mamma ropa. ”Kan du komma och hjälpa mig med kvittona?”

Konsumkvittona sparades i en kaffeburk, för vid årets slut vankades några kronor i återbäring. Halvminuten senare stod både Dorothy och jag i köksdörren.

”Inte du Dorothy. Du är så fumlig med fingrarna.”

Mamma och jag satt bredvid varandra vid bordet och klippte och tejpade. Dorothy pillade lite på pappersbitarna tills mamma bad henne låta bli.

Ständigt dessa paradoxer. Alla motstridiga känslor på samma gång. Fristen i mammas goda humör och glädjen i att hon ville ha min hjälp. Ofta grumlad av Dorothys utanförskap.

Jag står vid huset där vi bodde. Bortsett från moderna soptunnor och nya skyltar är det mesta sig likt. Till och med den nougatbruna fasaden. Men skogsdungen jag minns så väl har fått ge plats åt tre hyreshus. Jag vänder dem ryggen och tittar upp mot fönstren till den lägenhet som en gång var vår. Jag ser en stilren lampa och två vita krukor med välansade olivträd på stam.

Vilka lever där nu? frågar jag mig. Undrar om min familj har lämnat något spår? De som bor där vet inte ens att vi funnits, vi som en gång *var hemma* i samma rum. Och aldrig någonsin ska vi mötas.

Min blick sveper över omgivningarna. Jag känner igen mig så väl och minnena kommer vällande.

”Den jävla kärringen, här ska hon få så hon lär sig klockan!”

Mamma vräker ut blöta lakan i buskaget utanför tvättstugan. Fru Pettersson har dragit över sin tvättid, ett ypperligt tillfälle att dra igång ett av de bråk som mamma behövde.

”Kom nu Birgit, nu går vi och lägger oss igen så ska du se att det känns bättre.”

Pappa som vädjar i köket om natten när hennes ångest har blivit för stor.

”Va? Bara en trea på den här uppsatsen som är så bra. Jag ska minsann ringa din fröken och tala om att så gör man bara inte mot mina barn.”

Det var innan jag slutade visa dem.

”Operera ett nageltrång. Men snälla Bodil, det är väl ändå inget att gnälla över. Det är ju bara ett litet knips och så är det klart. Jag kan berätta för dig hur det var när dom klippte våra naglar på Granebo. Tången var så stor att ibland strök det med en bit av tårna.”

Vad som än hände hade mamma alltid haft det mycket värre.

Ja. Det var så det var med min mamma. Ändå, efter alla dessa år, bär det emot att förtala henne. Till och med nu inför mig själv. Jag vill så gärna försköna bilden, plocka fram några goda minnen och lägga dem först, men de dåliga är så oändligt många fler. Ska jag förstå mitt liv behöver jag äkta pusselbitar, inte förvanskningar för att söka tröst och försoning. Inte ursäkter för hur hon betedde sig. Min mamma tänkte i första hand på sig själv. Det är sanningen, andras behov gick att ställa åt sidan. Med tanke på hur allting blev är *varför* oväsentligt.

Jag vill hinna lära känna mig själv och hitta min röda tråd, se vem jag är när jag inte längre behöver ta någon hänsyn. Och om möjligt, hinna visa mig för Viktoria. Det är till henne jag står i skuld. Inte till mamma, inte till pappa. Jag bad dem aldrig att föda mig.

Jag tar bort papperet runt tulpanbuketterna och lägger dem utanför porten.

På den här platsen stod jag många gånger för länge sedan. Nu står jag här igen. Jag blundar och låtsas att jag snart ska gå in och upp för två trappor, jag minns hur lägenhetens dörrhandtag känns i min hand. Jag minns möblerna i lägenheten, mattorna på golvet, tapeter och tavlorna längs väggarna. På vilken sida om dörrarna som lysknappen satt. Hur det luktade, såsom alla hem präglas av en särskild doft.

Mamma ligger förmodligen i sovrummet. Om pappa har kommit från jobbet sitter han vid köksbordet och fyller i tipskupongen, kanske lagar han något som gått sönder eller putsar sina fiskedrag. Annars ligger han i soffan och läser någon naturbok. När jag kommer in lyfter han pekfingret till läpparna. Det betyder att mamma sover och båda vet vi att det är bäst om hon får fortsätta göra det. Jag smyger in i köket och tar en smörgås och mjölk, därefter går jag in på mitt och Dorothys rum och stänger dörren.

Den enda jag inte riktigt ser är min syster. Hon hann med så mycket under vår uppväxt att själva rörelsen är det jag minns. Vi gled så tidigt ifrån varandra med våra olika intressen och sinnelag.

Det här var mitt hem.

Min barndomsfamilj.

Det mitt minne återkallar finns inte mer. Ändå kan jag stå här på exakt samma plats. Betyder det att även jag är densamma? Allt jag upplevt sedan dess, alla intryck jag fått – vad är en människa annat än dess samlade erfarenhet? Varje gång livet bränt till har en liten bit dött för att ge plats för något annat. Kanske livets essens är just denna förändring. Ett pärlband av små dödsögonblick. Det slutgiltiga jag står inför ska förändra mig igen, kanske till ett ingenting denna gång, men förvandlingen skrämmer inte mer än de andra.

Jag lämnar huset bakom mig och på väg mot tunnelbanan tar jag farväl av Aspudden.

Klockan är fem över ett.

Jag hinner hem och vila några timmar innan jag ska ner till restaurangen.

VIKTORIA

Kanske inte högsta betyg men åtminstone godkänd. Torbjörn ville fortsätta ha mig som klient. När jag bekände hur nervös jag varit över ett nej till fler samtal, fick jag för första gången se honom skratta. Det kändes som ett förtroende, att han släppte lite på det formella. Det gladde mig att jag trots allt är betrodd att ha humor.

En gång i veckan har jag suttit här och ömsat det ena fuskskinnet efter det andra. Efter det kan jag inte vara någon vacker syn, men kanske av rent psykologiskt intresse. Det är inte utan att jag själv blir förundrad över vad som dyker upp, vad jag tydligen lyckats knöla ner i djupen. Torbjörn är som ett ekolod. Har han väl anat en antydan sänker han trålen och inget slipper igenom maskorna. Jag borde finna det plågsamt att bli bringad ur fattningen, men tvärtom har jag börjat se fram emot våra samtal. Torbjörn står på min sida och det är skönt att ha någon att berätta för. Han äger förmågan att ställa frågor i just det ögonblick när jag finner nya svar. Trettio år gammal har jag insett hur mycket jag samlat på hög. Livet har rullat på medan jag har haft fullt upp med att försöka vaska fram rätt beslut ur alla valmöjligheter. Det kräver sin tid. När blir man säker på att den finaste pärlan finns bland de snäckor man redan öppnat?

Torbjörn sitter tyst och avvaktar. Jag har blivit van vid hans väntan, min hjärtklappning uteblir. Det är efteråt det svåra kommer. När jag i ensamhet ska undersöka vad som finns bakom de dörrar vi öppnat.

Jag drar ett andetag och kastar mig ut.

”Jag har funderat mycket på det vi har pratat om. Eller som jag har ältat är väl rätta benämningen. Det här med min prestationsångest.”

Torbjörn nickar välvilligt.

”Jag tror att min vilja att göra allt perfekt på jobbet kanske egentligen handlar om nåt annat.”

I nattens mörker dök sanningen upp. Ovälkommen, sorgesam och plågsam att erkänna. Samtidigt har jag begripit att i Torbjörns mottagningsrum är det just mina inre trösklar som ska övervinnas.

”Jag försökte föreställa mig hur det skulle bli om jag inte fick gå till jobbet längre, och kom fram till att man faktiskt skulle bli ganska ensam. Det känns som om jobbet har blivit mitt enda riktiga sammanhang.” Jag sänker blicken och pillar lite på min tumnagel. ”Det här med att vara perfekt har liksom blivit mitt sätt att försäkra mig om att få vara med.”

”Dina vänner då?”

”Jo. Visst. Men dom flesta har ju fullt upp med sitt. Lever ihop med nån och några har fått barn. Jag har egentligen bara en enda kompis kvar som fortfarande är singel, och ska jag vara ärlig så har vi inte så mycket annat än det gemensamt. Vi sitter mest och ältar vår bitterhet över att vi aldrig får till det.”

”Får till ett förhållande eller menar du nåt tillfälligt?”

Frågan generar mig en smula. Han är ju ändå en man. Men å andra sidan, han har säkert fått höra om värre drifter än att vilja ha sig ett alldeles normalt litet ligg då och då.

”Både och om jag ska vara ärlig. Och det ska jag väl.”

Vi ler lite grann.

”Vad gör du för att försöka få till det då?”

”Numera gör jag ingenting. Ragga på krogen hinner jag inte. Jag var med i nån sån där datingsida på nätet och träffade några stycken men … Nej, det var inget för mig. Det kändes som att lägga ut sig själv till försäljning på Blocket.”

Han gör en min och kanske har jag blivit ifrågasatt.

”I dag är det många par som har träffats på nätet.”

”Jo, jag vet.”

Han blir tyst en stund. Anar att han vet vad jag inte vill erkänna. Min känsla av att vara lite förmer än någon som blottar sitt desperata kontaktbehov på nätet. Flaggar med sitt misslyckande.

”Har du haft några längre förhållanden?”

”Det beror på vad du menar med långa. Fem, sex månader är väl rekordet.” Jag suckar. ”Jag vet inte, det börjar alltid så bra, jag blir superförälskad och sitter med telefonen i handen dygnet runt, till och med på jobbet faktiskt. Fast jag stänger så klart av ljudet så att det inte ska märkas.”

Med ens kan jag förnimma lyckoruset. Känslan i att bli sedd som särskild. Den underbara vetskapen om att någon längtar efter just mig, att någon precis som jag räknar minuterna.

”Så vad händer sen?”

Jag rycker på axlarna och tänker efter. ”Jag tröttnar. Först börjar jag reta mig på honom. Saker som han säger och gör. Hans kläder, hur han kammar sig, hur han låter när han pratar med hundar. Det kan vara precis vad som helst. Att han ringer för ofta och vill ses. Jag får liksom en känsla av att bli invaderad. Till slut går det så långt att jag vill ... Ja faktiskt. Det går så långt att jag får lust att göra honom illa."

Torbjörn är tyst och jag känner tvånget att skyla över det värsta. Varje gång jag blottar mitt fula innersta vrålar en röst i huvudet – *Försvara dig! Ta tillbaka kontrollen! Återgå till ordningen!*

Det är den rösten som väcker mitt obehag. Inte Torbjörn och hans frågor. Min verkliga motståndare finns i min skalle och ända tills jag började gå hit har den haft det lugnt och skönt.

"Vad har du gjort med dom tankarna?"

"Vilka?"

"Tankarna på att göra din partner illa."

"Ingenting, det har bara varit nåt man har känt. Det har ju inte handlat om att göra honom fysiskt illa, det är inte så jag menar. Det är mer som att vilja ... jag vet inte. Tillintetgöra honom på något vis."

"Så då har du brutit upp förhållandet?"

"Ja."

"Och det är ett återkommande mönster?"

"Ja."

"Du bryter upp från dina relationer samtidigt som du egentligen skulle vilja få till det med nån?"

Jag suckar igen. Hör ju vansinnet. "Ja, tyvärr. Det händer nåt med mig när den där pirrande känslan börjar lägga sig."

"Du menar när det är dags att fördjupa relationen."

Jag nickar.

"Så vad händer då tror du?"

Jag rycker på axlarna. ”Jag tappar intresset. Börjar längta efter mina fula joggingbrallor och tofflor och på att slippa tänka på hur jag ser ut i håret när jag vaknar på morgonen. Jag orkar inte vara så där himla glad och pigg och sexig hela tiden som man skulle vilja vara. Jag vill bara att han ska gå så att jag får vara ifred och koppla av.”

”Tror du att det finns nån människa som alltid är glad, pigg och sexig?”

”Nä, i och för sig.”

”Och efter vad jag hör så är det du som ställer dom kraven på din partner.”

Stopp och belägg! Erkänner du mer kan han börja förakta dig.

Jag ser att han ler, och varje gång det sker får jag mod att fortsätta trotsa rösten. Här är vi två mot en – Torbjörn och jag mot mig själv. En inre skugga som alltför länge fått härja fritt och som har börjat styra mitt liv. I Torbjörns rottingfåtölj begåvas jag med ett sjätte sinne och jag inser hur stor makt den där rösten egentligen har. Jag känner mitt tvångsmässiga behov av kontroll och min snara böjelse att döma. Hur jag till varje pris vill försvara mig.

Torbjörn tar av sig glasögonen och drar med fingrarna längs näsroten. Under några sekunder ser han ut som Skriet av Edvard Munch.

”Jag tänker så här. Kan det vara så att du använder samma strategi som du gör på ditt jobb? Att din perfektionism är ett sätt att försäkra dig om att fortsätta få vara med.” Han sätter på sig glasögonen och betraktar mig. ”När du inte orkar upprätthålla vad du anser är en perfekt fasad så börjar du leta anledningar att dra dig ur förhållandet. Du letar brister hos honom för att slippa blotta dina egna.”

Jag slänger en blick på klockan. Femton minuter återstår. När jag bokade första sessionen tyckte jag fyrtiofem minuter lät så kort, det var väl bara att köra på när man ändå var där.

Numera förstår jag anledningen.

Jag begrundar hans påstående. För hjärtat tycks allt så enkelt. Förälskelsen slår till och välter alla världens hinder. Den fyller mig med känslan av att äntligen ha nått fram, jag upptäckts på nytt och finner min sanna form. I förälskelsens skimmer blir allting vackert och det pumpande ruset fulländar varje ögonblick. Förnuftet tiger äntligen.

Sedan kommer den där förbannade kärleken. Bänder upp små sprickor och fyller dem med tvivel.

Jag kan passion.

Om kärlek vet jag ingenting.

Bara att den gör mig svag.

Det knakar till när Torbjörn ändrar ställning i rottingfåtöljen.

”Det här med att du känner dig ensam, att du inte tycker dig ingå i ett sammanhang. Kan du utveckla det?”

Jag tar en klunk ur mitt vattenglas.

”Jag har inga syskon, ingen släkt. Båda mina föräldrar var endabarn så det finns inga kusiner. Tills för några år sedan fanns det alltid nån kompis att resa med över jul eller på semestern. Nu har dom flesta börjat fira högtiderna med sina familjer. Särskilt dom som har fått barn.”

”Lever dina föräldrar?”

”Ja. Men vi har inte särskilt mycket kontakt. Jag pratar med min mamma på telefon ibland, pappa har jag inte träffat sen i somras. Jag var där och åt middag på hans födelsedag och det var för att mamma bad mig.”

Ja, slår det mig. Det gjorde hon faktiskt. För en gångs skull var hon inte så undfallande utan sa att det vore bra om jag kom. Så då gjorde jag det. Men krypet i kroppen infann sig redan i hallen. Vid förrätten kunde jag knappt sitta still. Det blev som alltid vid mina besök. Jag frågar och frågar, till slut vet jag hur många passagerare som sitter på mammas buss om morgnarna och exakt vilka vägar pappa går sina promenader. Vad elektrikern kostade sist han var där och hur många sockerbitar han tog i kaffet. Att grannen tycks ha blivit sjuk för det kommer en hemtjänstbil ett par gånger om dagen. Att pappa numera föredrar fil med hallonsmak istället för jordgubb.

Det pratas och pratas men sägs ingenting. Jag fortsätter slunga ut mina frågor, när ämnena blir uttömda uppfinner jag nya, all energi sipprar ut och efter några timmar hittar jag på en anledning att få gå därifrån.

Efteråt vet de inget om mig. Ingen har ställt en endaste fråga.

Det finns ingen annan förklaring än deras genuina ointresse.

Jag sträcker mig efter tillbringaren och fyller mitt vattenglas. ”Dom ska separera, efter alla dessa år. Mamma har tydligen flyttat hemifrån.”

”Hur tänker du om det då?”

”Ingenting egentligen, jag är ändå så sällan där. Det är säkert bra för mamma, men pappa kommer nog att gå under. Eller kanske inte förresten, på rent jävelskap. Han skulle aldrig erkänna hur beroende han är av henne.”

Jag känner att Torbjörn iakttar mig. I och för sig gör han det hela tiden, men det är skillnad på att titta och på att studera.

”Jag hör en annan ton när du pratar om dina föräldrar.”

Och här kommer trålen.

Jag lägger armarna i kors över bröstet. Känner hur jag distanserar mig. En märklig blandning av likgiltighet och en vilja att slippa irritera mig. Jag är vuxen och lever mitt eget liv, det finns varken lust eller anledning att harva runt i något som ändå aldrig har fungerat.

Men ändå.

Trots att vi så sällan ses är det förunderligt att det tar sådan plats.

”Det är lite svårt att förklara. Min pappa är en sån som man måste förhålla sig till om han finns i rummet. Han tar liksom upp hela utrymmet. Det går att se på honom vad han tänker och känner och han är en sån som tänker och känner väldigt mycket.”

Med ens drabbas jag av känslan jag får i hans närhet. Hur jag smälter ihop, blir tyst och grå, hur jag blir osäker på vad jag får tänka och känna. En bild dyker upp. Han sitter i soffan. Tittar på tv. Fnyser åt det mesta han ser och kommenterar han något så är det hånfullt.

Att försöka förstå vad som duger i hans ögon är som att gissa hur många myror det finns i en myrstack.

”Han har väldigt mycket åsikter och har svårt att acceptera att nån kan tycka annorlunda.” Jag sväljer och tvingas ta ett djupt andetag. ”Ibland tror jag faktiskt att jag valde att bli jurist för att jag nån gång skulle vinna en diskussion mot honom.”

”Så ni diskuterar mycket?”

Jag dricker lite mer vatten. ”Man diskuterar inte med min pappa. Man råkar säga vad man tycker och sen får man höra hur det egentligen är. Ger man sig inte visar han tydligt att man är en idiot som inte förstår hur fel man har. I tonåren tog jag väl strid men sen insåg jag att det var enklare att bara hålla med honom. Det var inte värt besväret. Hade man otur kunde han sura i flera dagar."

"Din mamma då? Vad gjorde hon när ni bråkade?"

Jag hör mig själv fnysa. "Jag vet faktiskt inte. Ingenting tror jag."

Jag försöker frammana bilden. Pappa med armarna i kors och en självgod min. Jag på andra sidan bordet, uppfylld av rasande vrede på väg att förvandlas till tårar. Men den tillfredsställelsen ska jag inte ge honom.

Men mamma? Nej. Henne ser jag inte.

"Hon kunde komma in på mitt rum efteråt. Dom där bråken slutade alltid med att jag blev ledsen och stängde in mig. Hon knackade så försiktigt och sen försökte hon liksom förklara varför han sagt som han sagt, typ täcka över det värsta. Fast jag hörde att hon egentligen tyckte att han gjort fel."

"Hur upplevde du det?"

"Vilket av det?"

"Att din mamma inte stod upp för dig."

Jag fnyser igen. "Vet du att min mamma aldrig har stått upp för nånting över huvud taget. Inte ens för sig själv. Hon är som … jag vet inte. Som nåt slags slajm. Jag har ingen aning om vem hon egentligen är, det går inte att lära känna nån som aldrig säger eller visar vad hon tycker."

Det blir tyst en lång stund och jag ser att Torbjörn avvaktar. Han har väl fullt upp med att vittja trålen.

"Och din pappa efter dom där bråken. Pratade ni nånsin om det efteråt?"

”Nej. Det fanns ju inget att prata om. Han hade rätt och jag hade fel. Punkt slut.”

”Så han sa aldrig förlåt när han såg att han gjort dig ledsen?”

”Pappa?” Till och med frågan är häpnadsväckande. ”Ordet förlåt finns inte i hans vokabulär. För honom skulle det vara som att erkänna att hela han är ett misstag redan från början.”

”Hm.” Torbjörn ser tankfull ut. Jag förstår honom, även för mig har min far alltid varit ett psykologiskt mysterium.

Han rättar till sina glasögon. ”Jag ser att du blir arg när du pratar om dina föräldrar.”

”Ja, faktiskt. Jag känner att jag blir skitförbannad när jag pratar om det här. Pappa är faktiskt ...”

Jag tvekar plötsligt. Orden trängs på tungan men någonting hindrar mig från att släppa fram dem. Att tänka det är enkelt, det har jag gjort många gånger och under perioder även beklagat mig inför vänner, men att säga rent ut att min far är ett egoistiskt svin är tydligen svårare. För det är vad han är.

Ett egoistiskt svin.

Hans behov är alltid viktigast.

Jag harklar mig. ”Pappa är ganska upptagen av sig själv. Om man nån gång råkar berätta nåt så tar det två sekunder innan han har lyckats leda samtalet till att handla om honom. Det blir lite tjatigt i längden.”

”Din mamma då?”

Jag känner hur axlarna sjunker. Min syn på henne har svårare att hitta passande ord. Till och med när jag tänker dem tyst. Hennes vaghet överförs till mina formuleringar. Hon har ju egentligen inget gjort, med vilken rätt kan man då vara arg?

”Det är svårare med mamma.”

Ett grässtrå i skuggan av en förtorkad ek. Det är så hon har levt med pappa. Löven har fallit ett efter ett men jag har aldrig sett några nya skott. Han försvarar sina krämpor och märkliga fobier som om livet står på spel. För att inte tala om alla principer. Med åren har spelrummet blivit så litet att det borde vara svårt att få luft. Ändå har mamma också tvingats andas därinne.

Jag rycks ur tankarna när det surrar till i porttelefonen. Nästa klient är på ingång. Torbjörn trycker på en knapp intill sin stol.

”Vi måste avsluta. Du kan ta med dig frågan om din mamma och fundera tills vi ses nästa gång.”

Jag nickar. Samtidigt vet jag att all tid i världen ändå inte skulle ge mig något svar.

”Det är mycket svårare med mamma, vad jag egentligen känner för henne. Jag förstår ju att hon har haft ett helvete med pappa. Men varför levde hon med honom så länge då? För mig framstår det som fullkomligt obegripligt varför hon skiljer sig först nu.”

BODIL

Mango, smörkola och rostat bröd.

Den jag utbyter flest ord med nuförtiden, bortsett från min vårdkontakt på Karolinska sjukhuset, är Damir på restaurangen. Han är i Viktorias ålder och arbetar i baren. Första timmen efter öppningsdags har han gott om tid för den lilla skara gäster som infunnit sig.

Jag sitter vid mitt vanliga bord. Mitt glas Chardonnay är alldeles immigt och jag gör mitt bästa för att spåra smakerna Damir har påstått ska finnas däri. Jag tycker mest det smakar vin. Men så har jag heller aldrig varit någon kännare. Fast det vet inte min nya bekantskap, Damir serverar mig nya sorter varje dag och frågar vad jag tycker.

”Väldigt gott”, säger jag oftast, men den senaste tiden har jag utvecklat svaren. Jag vill så gärna att han ska fortsätta fråga. Jag har köpt en bok om vin och lärt mig användbara uttryck. Aromatiskt, bärigt, avrundat, druvigt. Jag slänger mig med både det ena och det andra, ibland blir jag faktiskt förvånad själv.

Tänk om han visste hur mycket våra korta pratstunder betyder.

Det är ansträngande att leva i tystnad. Jag kan inte påstå att Krister och jag vältrade oss i intressanta samtal, men det fanns i alla fall någon där som distraherade. På jobbet var det kunderna. Jag förhöll mig till omgivningen, och intog min roll beroende på sammanhanget. Nu har jag insett att det är värre än så, jag har låtit mig formas alltigenom av omgivningen. Det föll mig aldrig in att jag kunde ifrågasätta deras tolkning av vem jag var, jag bara blev den de förväntade sig.

Så vem är jag nu, när varken blickar eller reaktioner guidar mig längre?

Tystnaden når från morgon till kväll. Jag känner mig ganska vilsen och ofta ifrågasätter jag mina funderingar. De är knappast av godo, för varför älta sig själv när det finns så mycket annat elände i världen? Men tankarna går som de vill. Trots att de gör mig så sorgsen. Särskilt att jag tillät mitt liv att bli så snävt för att någon annan ville ha det så. Att så mycket valdes bort. Det händer att jag pratar med mig själv och blir förvånad över det jag får höra. Det finns någon därinne som är väldigt arg och ilska har alltid skrämt mig. Så även nu, för jag inser att den till stor del är riktad mot mig själv.

Jag tycker om att gå hit till restaurangen. De timmarna är de bästa på dagen, jag slipper vara ensam men får rå mig själv. Inventarier och väggfasta soffor skvallrar om många år i samvarons tjänst. Anor från 1850. Det står så på skylten mot gatan. Jag tänker på hur många som suttit här inne, att de flesta är döda nu. Av någon anledning ger det mig lite tröst.

Jag blir vän med tanken på att gå över till det största laget – vi som aldrig mer ska gå hit.

Några av de tidiga gästerna kommer dagligen precis som jag. Vi sitter utspridda i lokalen på samma platser, någon timme eller två. Därefter fylls stället av yngre förmågor och ljudnivån stiger. Vi tycks alla ha bestämda vanor. Den tunnhårige mannen vid bardisken läser tidningen och dricker en öl, det äldre paret vid fönsterbordet intar sin middag. Närmast mig sitter en kvinna i sextioårsåldern som läser ur en bunt papper. Ibland stryker hon över eller antecknar något i marginalen. Hon dricker ett glas vin eller två precis som jag, fast hon dricker rött. Vi har börjat hälsa när vi kommer. Ett litet leende och en igenkännande nick, någon gång har vi till och med bytt några ord om vädret. Jag betraktar henne ofta i smyg. Hon är den typ av kvinna som jag alltid tyckt illa om. En aura av pondus och självklarhet, vare sig hon läser eller byter ett ord med Damir. Till och med i sättet hon tittar över glasögonkanten.

Jag är så nyfiken på hennes pappersbunt. Vad det än är får den henne att se betydelsefull ut, och med min nya blick tvingas jag erkänna att hon är sådan som jag alltid önskat att jag själv hade varit.

Självklar.

Det är oss inte alla förunnat. Jag tycks aldrig ha hittat hem i någon av de roller jag förväntades spela. Inte ens i den som mamma.

Det har gått veckor sedan jag träffade Viktoria och jag har fortfarande inte vågat ringa henne. För varje dag blir det svårare. Jag vet att det brådskar, min hand är sämre och nästa vecka ska jag få någon sorts skena att stödja den i. Snart kommer sjukdomen bli svår att dölja. Påminnelsen får mig att titta på klockan. Förmodligen har hon slutat jobba nu. Jag tar en klunk vin och bestämmer mig, reser mig och går fram till Damir bakom bardisken. Att ropa tvärs över lokalen skulle jag aldrig göra. Det är sådant som skiljer mig från henne med pappersbunten.

”Jag ska bara gå ut och ringa ett samtal.”

”Vill du ha ett glas till när du är klar? Jag har ett vin här som du aldrig har provat.”

Han håller upp en flaska med en gul etikett.

”Gärna.”

Jag ringer upp redan på vägen ut, vill inte hinna ångra mig. Det går fram många signaler och ute på gatan börjar jag huttra i skymningen. Jag vet att hon ser mitt namn på displayen.

När jag nästan gett upp svarar hon och jag får hjärtklappning av att höra hennes röst.

”Det är Viktoria.”

Avvaktande, som vid okänt nummer.

”Hej. Har du tid att prata eller stör jag?”

Pausen är kort, ändå hör jag att den rymmer tvekan. ”Nä.”

Som man frågar får man svar. Jag vet inte vad hennes nej betyder. ”Hur har du det då?”

”Det är väl okej. Hur har du det själv?”

”Jo.”

Och sedan händer just det som gjort att jag tvekat. Tystnaden faller. Tusen tankar trängs i mitt huvud men jag kan inte sätta ord på en enda. Avgrunden växer medan sekunderna går. Till slut i takt med mina hjärtslag.

”Du mamma”, säger hon till slut.

”Ja?”

”Så här är det. Jag har bestämt mig för att dra mig tillbaka en tid. Jag behöver vara ifred ett tag, det är lite mycket just nu.”

”Jaha?”

”Jag menar från dig och pappa.”

”Okej.” Jag inser att jag håller andan och när jag släpper ut luften uppstår en liten pust som går rakt in i mikrofonen.

”Du behöver inte sucka. Det är bara nu medan jag går i terapi. Okej? Jag hör av mig om några månader eller så.”

Jag hör hennes ord och de tar andan ur mig. *Nej!* vill jag skrika. *Då kanske min tunga har blivit förlamad. Snälla, älskade Viktoria, kan du inte bara komma hit så att vi får tala med varandra?*

Men det skriker jag inte.

Jag säger bara: ”Visst.”

Och sedan lägger vi på och jag går tillbaka in. Damir kommer fram till mitt bord med det utlovade vinglaset.

”Här har vi en Chablis från 2010. Torr, mycket frisk smak med inslag av gröna äpplen, citrustoner och rökig mineral. Hoppas det smakar.”

”Tack.”

Jag förmår inte säga något mer. Trots att jag vet att Chablis är ett litet distrikt i Bourgogneregionen. Han går och jag blir sittande med blicken i glaset. Undrar med ens hur lång tid det tar att bli alkoholist? Tänk om det finns en risk att jag hinner? Det vore en ödets ironi så försiktig som jag alltid varit, tidigt varnad för rusets fördärv av en pappa som på sin höjd lät sig bjudas på en snaps på kalas och en mamma som högljutt fördömde starka drycker.

Hennes flykt fanns förpackad i badrumsskåpet.

Å andra sidan fanns en till i familjen som varken brydde sig om varningar, vackra etiketter eller inslag av citruston.

Men en liten stund vill jag njuta ifred. Den gyllengula drycken har lagt en varsam hand över min vanmakt, min oförmåga att hantera det enda som fortfarande har någon betydelse.

Skuldkänslan kommer självfallet ilande, min trofasta livskamrat. Men kanske är det vinet som skyddar mig, för strax intill desperationen anar jag ett stråk av lättnad.

Jag försökte.

Min dotter väljer att inte tala med mig.

Är då hela skulden bara min?

Jag vet en del om skuld, och jag är innerligt trött på att bära den. Alla har vi vår beskärda del, men så länge jag kan minnas har jag haft svårt att urskilja gränserna. Vilken som är min och vilken som egentligen tillhör någon annan.

Jag vet bara vad som hände.

Eller?

Kanske vet jag inte ens det.

Tiden tär på våra minnen och kanske är delar av min sanning förvanskad.

Jag vet bara att långt före mobiltelefonernas tid ringdes ett annat samtal, den gången från en telefonautomat på Stockholms Central. Redan när signalen ljöd genom lägenheten visste jag att det var Dorothy, trots att det gått nästan fyra månader sedan kvällen då allting hade ställts på sin spets. Först i efterhand så tydligt avgörande. Den kom inte som fallen från skyarna. Spänningarna hade funnits länge och briserade med jämna mellanrum. Men aldrig förr med samma sprängkraft. Mammas lynnighet hade alltid krävt god orienteringsförmåga, men sedan Dorothy kom i puberteten var vårt hem förvandlat till ett minfält. Det var som att försöka hålla ordning på två elektriska fält i ständig påverkan av varandra. Jag gick naturvetenskaplig linje på gymnasiet och genom att visualisera min mor och Dorothy lyckades jag lära mig elektrodynamikens lagar.

Uppväxten hade lärt mig att hantera mammas svängningar, det fungerade någorlunda om jag bara höll uppsikt och undanröjde sådant som upprörde. Men att dölja Dorothys beteende översteg till och med min förmåga. Enda resultatet var att jag drog på mig min systers förakt. Över det faktum att jag ens försökte.

Det var den där svarta glimten. Den hon själv ofta mötte i mammas blick. Nu skickade hon den vidare mot mig.

Två år före det där telefonsamtalet. Första dagen i årskurs nio. Till synes blasé betraktade jag och mina årskamrater horden av nervösa sjuor när de klev in i den främmande skolan. Vi hade intagit bänkar och trappor. Lojt sträckt ut våra tonårskroppar, och med uttrycket av att ha tröttnat på livet lät vi vår makt sippra ut över nykomlingarna. De kom en och en och i grupper. Ofta med blicken sänkt. Så unga, och vi själva så oerhört livserfarna. Inte en min fick avslöja att vi egentligen visste precis hur de kände. Hur stor dagen varit när vi själva var nya. När vi lämnat mellanstadiets barnsliga skolbänkar och skulle få korridorskåp med egen nyckel. Ha olika lärare i olika ämnen och ta oss till nya klassrum inför varje lektion. Så vuxet och ansvarsfullt. Vi mindes så väl vår stora förväntan, all nyfikenhet, och inte minst osäkerheten inför de äldre eleverna som redan visste hur allt gick till. Och som så uppenbart hunnit tröttna.

I hemlighet hade jag sett fram emot dagen. Äntligen var jag en av de äldsta. Nu kunde jag åtnjuta ett litet överläge, åtminstone gentemot dem som var yngre. Som tanig, icke-rökande, sminkfri plugghäst tillhörde jag nedre skiktet i klasshierarkin, vi som utgjorde nödvändig utfyllnad runt dem som räknades. Jag var aldrig utstött, men heller aldrig en självklar del. Ibland medbjuden, ibland bortglömd. Jag gjorde så liten skillnad. Därför fick jag lita till hoppet för initiativen kom aldrig från mig. Jag var en av de maktlösa som ständigt väntade.

Senare den dagen var klassen samlad i en kemisal. Killarna stod på utkik vid fönstren för att se när sjuorna hade lunchrast. Självfallet var det tjejerna som intresserade. Killar i nian kunde bli ihop med en sjua, det motsatta förhållandet var otänkbart.

Jag hade satt mig och lyssnade förstrött när det plötsligt gick ett litet sus genom gruppen.

”Wow, spana in henne där. Hon den brunhåriga med vinröda jackan och jeansen.”

Jag förstod direkt att de talade om Dorothy. Den blanka jackan hade hon lånat av en kompis och V-jeansen hade hon dagen innan varit i stan och köpt. Tajta som ålskinn. På morgonen hade hon legat på rygg för att kunna stänga gylfen.

Jag gick fram till fönstret och tittade. Kanske drabbad av övermod.

”Det där är min lillasyrra.”

Allas ansikten vändes mot mig.

”Är det din lillasyrra?”

”Ja.”

”Va fan, vem av er är adopterad?

Jag uppfattade spridda fniss.

”Kom! Vi går ner och snackar med henne. Bodil, häng på.”

Kenta gick mot dörren och hans vanliga svans följde efter.

”Nej, inte nu. Vi börjar ju snart.”

”Kom igen nu, vi skiter i lektionen. Du har väl ändå femma i kemi. Vi sticker nu innan majen kommer.”

Jag vet inte varför jag gick. Kanske smickrad av uppmärksamheten. Eller så var jag bara feg. Att tilldra sig Kentas intresse var något särskilt och för mig var det första gången. Hans popularitet grundades verkligen inte på goda skolresultat, i högstadiet gällde andra kriterier. Jag uppfattade avskyn från några av tjejerna i klassen när jag, förrädaren, drev deras prins mot fienden.

Vi gick ner för trapporna och ut på skolgården. Det var han som fick syn på henne. Jag hade gått i riktning mot matsalen, men lika barn leka bäst – Kenta hade tittat åt andra hållet och upptäckt henne i rökrutan. Skolans fränaste ställe där de ”intressanta” höll till. Ingen plats för mesarna. Dorothy stod och rökte med fem andra tjejer och min första tanke var hur jag skulle kunna dölja lukten för mamma. Under ett ögonblick kunde jag betrakta henne. Hur hon slängde med håret, kroppshållningen, hur varje rörelse hon gjorde stämde. Hennes medfödda självklarhet. Tjejerna stod i en ring, men även på håll stod det klart att den utgick från Dorothy. Varifrån kom denna mystiska förmåga? Kunde skönhet verkligen göra sådan skillnad? Kanske närdes karisman av ständig beundran, det skulle i så fall kunna vara en förklaring.

Kenta gick först, hans anhang strax bakom. Sist gick jag och svor för mig själv för att jag varit så lätt att övertala. Det var första gången jag närmade mig rökrutan.

”Tjena.” Kenta såg på Dorothy och de andra tjejerna bildade mur bakom henne. ”Får man tigga en cigg?”

Hon drog ett bloss, rutinerat, samtidigt som hon mätte honom med blicken. Röken kom ut genom näsborrarna och jag förstod att hon redan tog halsbloss.

”Kan du väl.”

Hon plockade upp ett paket Prince ur jackan och skakade fram en cigarett. Jag betraktade scenen. Slogs av det ofattbara att hon och jag delade sovrum. Pappa hade i och för sig spikat ihop en bokhylla som hjälpligt skilde oss åt, men stående i rökrutan förstod jag hur stort avståndet mellan oss verkligen var. Hon var så sällan hemma. Passade vi bara tiderna var det ingen som undrade var vi varit. Inte heller frågade vi varandra. Hon låg mest på sängen med hörlurar och lyssnade på kassettband med Alice Cooper eller Uriah Heep. Själv föredrog jag Gilbert O'Sullivan och Ted Gärdestad.

”Bodil säger att du är hennes lillasyrra.”

Hon gav mig en svårtolkad blick och drog ännu ett bloss, demonstrativt, och blåste ut röken i min riktning. ”Kanske det. Hurså?”

”Nej, jag bara undrade.”

”Och vem är du då?”

Kenta flinade och slängde ett ögonkast på sitt följe. Jag insåg med ens vad som hände – Dorothy gjorde honom osäker. Som självklar ledare mötte han sällan motstånd, och även om hon gav det oavsiktligt kände han igen en like när han mötte en. Hon skulle platsa i rökrutan. Definitivt.

”Jag är Kenta. Själv då?”

”Dorran.”

Han fimpade sin cigarett med foten. ”Okej, Dorran. Vi ses säkert igen. Tack för ciggen.”

Så vände han och gick. Vi statister följde efter. Fnisset

bakom oss steg och jag visste att Dorothy redan uppnått något jag själv aldrig skulle komma i närheten av, inte ens nu när jag äntligen gick i nian.

Under åren har det hänt att jag tänkt på dem som regerade den där rökrutan. Hur de liksom brände sitt krut redan då. Att det blev deras storhetstid. Deras status, den vi andra åtrådde, upprätthölls med rätt attityd, vilket egentligen innebar att de ansträngde sig så lite som möjligt. Medan vi i undervegetationen gick på alla lektioner, läste läxor och bidade vår tid. Flera av mina gelikar har jag senare sett på viktiga poster. Till och med läst om i tidningen. Men vem är väl jag att prata? Jag vet bara vad som hände med Dorothy. Och med Kenta också för den delen. Sista gången jag såg honom satt han och sov på en bänk i tunnelbanan. Några år senare läste jag hans dödsannons.

Min son Kent Landström. Begravningen har ägt rum.

Han blev trettiotvå.

Jag tror inte att han och Dorothy någonsin blev ett par. Kanske tillfälligt på någon fest eller så, men Dorothy sökte sig tidigt till betydligt äldre killar. Eller kanske var det tvärtom. Jag vet så lite om vad hon gjorde de där åren. Hemma eskalerade bråken och Dorothy revolterade på allehanda vis, i synnerhet om det retade mamma. Därutöver testades gränser som låg långt bortom våra föräldrars begreppsvärld. Om det höll hon tyst, det lilla jag visste kom ryktesvägen från en klasskamrat på gymnasiet. Hennes syster var jämnårig med Dorothy. Det pratades om vilda fester inne i stan, män med dyra bilar och droger, en gång tog hon mig avsides och påstod att hon sett en bild där Dorothy varit utvikningsflicka. Jag visste inte vad jag skulle tro, än mindre vad jag skulle göra. Självfallet sa jag inget om saken där hemma. Mamma sökte tröst i veckotidningarnas horoskop och ökade dosen lugnande tabletter. Pappa höll sig som vanligt utanför bråken medan Dorothy kom hem allt senare om nätterna. Om hon alls kom hem.

Så kom dagarna när allt kulminerade. Dorothy hade just slutat nian, och trots att lärare varnat och mamma tjatat kom hon hem utan slutbetyg. För mycket olovlig frånvaro. Mamma blev ursinnig och pappa besviken och Dorothy låg i sängen med sina hörlurar och vägrade prata med någon. Jag satt på min sida av bokhyllan och genom en glipa kunde jag se att hon grät. Jag var fylld av motstridiga känslor. En del av mig ville trösta. Gå över till hennes sida och säga att allt skulle ordna sig. En annan tyckte att hon fick skylla sig själv och jag var så innerligt trött på allt hon ställde till med. Hennes fullkomliga hänsynslöshet. Hon gjorde vad som föll henne in och lämnade konsekvenserna till mig. Jag var den som fick tygla mamma.

Min syster hade blivit en främling, någon jag inte litade på. Varje gång hon tittade på mig kunde jag ana den där svarta glimten. Den skrämde mig, och jag visste inte om min tröst var välkommen. Så när natten kom hade vi som vanligt inte bytt ett ord.

Morgonen efter skulle mamma hämta en femtiolapp i pappas plånbok. Hon letade bland facken, och när pappa till slut kom ut i hallen för att hjälpa henne stod det klart att någon annan redan tagit den. Själv blev jag inte ens tillfrågad. Dorothy erkände aldrig, men grälet pågick hela dagen. Framåt kvällen påstod pappa att han förmodligen redan använt den själv. Mamma lät sig inte övertygas och låste in Dorothy i vårt rum, och medan vi andra såg på "Sjung med Egon" visste jag att vid det laget hade Dorothy klättrat ut på soprumstaket och var på väg in mot stan. Och mycket riktigt. I två dygn var hon försvunnen. Mamma ville ringa polisen men för en gångs skull satte pappa stopp. Hon skulle nog snart dyka upp, sa han, och det gjorde hon också. Men det gjorde även polisen. Strax efter klockan sex på morgonen ringde det på dörren. Utanför stod två uniformerade poliser och den ena höll ett fast grepp om Dorothys bara överarm. Hon var barfota, klädd i ett litet linne och kortkort kjol, håret stod på ända och mascaran hade smetats ut över ansiktet. Blicken var riktad mot trappuppgångens marmorgolv.

”Är det här Ragnar och Birgit Johansson, den här flickans föräldrar?”

Mamma var nyvaken och i morgonrock. Jag minns hur hon klämde ihop den i halsen och att hon efter en snabb blick i hallspegeln rättade till sitt hår. Pappa var redan klädd och skulle till jobbet. I övrigt minns jag bara korta ögonblicksbilder. Stämningen. Kontentan av det som sas under den följande timmen och att jag trots alla rykten blev förfärad av sanningen. Vi satt i vardagsrummet. Dorothy bad att få gå och duscha men mamma sa nej, det var en av poliserna som gav henne tillstånd till det. Tydligast minns jag pappas förödmjukelse och mammas förvandling inför överheten.

Det hade gjorts razzia i källaren till sexklubben Pir 59. En tipsare hade berättat att betalande gäster fick delta i porrfilmsinspelningar, och när polisen kom hade ett tiotal män och tre unga flickor varit upptagna av den aktiviteten. Dorothy var en av dem. Flickorna hade varit påverkade av någon narkotika, de var påtagligt slöa och hade inte verkat fullt medvetna om vad som pågick. Det värsta ruset hade de sovit av sig på polisstationen. Två män hade gripits för koppleriverksamhet, det flickorna gjort var inte olagligt. Däremot fanns det anledning att överväga ett tillfälligt omhändertagande eftersom det förelåg allvarlig risk för Dorothys hälsa och utveckling.

Poliserna gick, och en olycksbådande tystnad lägrade sig i lägenheten. Mamma stängde in sig i sovrummet. Dorothy sjönk utmattad ner på sin säng och pappa tog fram sin verktygslåda och säkrade rummets fönsterhaspar. Därefter låste han dörren.

Jag flydde till lugnet på mitt sommarjobb som vårdbiträde på Långbro mentalsjukhus.

När jag kom hem den kvällen var orkanen i gång. Mamma och Dorothy stod och skrek på varsin sida av den låsta dörren. Pappa satt framåtlutad i soffan med huvudet i händerna.

”Släpp ut mig nu för helvete! Jag måste gå på toa!”

”Du måste ingenting, hör du det. Du har en potta där inne som du kan använda och hör jag dig svära en gång till så ska jag banne mig se till att du aldrig kommer ut därifrån ...”

”Jävla kärring, du har inte rätt att låsa in mig här, jag kommer anmäla dig för snuten!”

”Gör du det, dom känner ju dig, dom är ju vana vid att du ränner på polisstationen och skämmer ut dig, horor och tjuvar och annat slödder, du har minsann fått ...”

”Öppna dörren!”

”... allt här i livet men vad hjälper det? Ingenting duger, du är så bortskämd att tungan borde svartna i mun som du vräker ur dig! Själv fick jag minsann ingenting men jag har kämpat på och klarat mig bra medan du bara ...”

”Det är väl inte mitt fel att din morsa satte dig på barnhem så du blev helt jävla sjuk i huvudet! Jag hade fan hellre bott på barnhem så jag hade sluppit växa upp i det här jävla ...”

”Nu håller du käft! Din förbannade unge! Du är en enda lång olycka hela du och det kan jag tala om för dig att det har banne mig inte gått en dag utan att jag ångrat att jag nånsin födde dig.”

”Nu räcker det, Birgit.”

Pappa hade rätat på sig. Mamma knep ihop och rusade in i sovrummet, slog igen dörren med en rungande smäll medan Dorothy fortsatte att bulta på sin. Efter en stund gav hon upp och det blev tyst i lägenheten.

Jag minns inte att vi sa något, pappa och jag, bara hur det kändes när jag såg att han grät. Synen fick det att mörkna i hjärtat. Under så lång tid hade Dorothy förpestat vårt hem, vår familj, och inget jag gjorde var nog för att förta verkan av hennes beteende. I den stunden kände jag inget annat än hat. Pappa satt hopsjunken i soffan med blicken i tomma intet. En lång stund satt han så, sedan reste han sig och gick fram till Dorothys dörr. Med handen på vredet blev han stående, till synes drabbad av en sista tvekan. Därefter lyfte han handen och med en suck från djupet låste han upp. Dorothy hade vräkt ut sina kläder på golvet, på måfå proppade hon en plastpåse full, konstigt nog minns jag att den var från Gul & Blå. Pappa gjorde inte ens ett försök att stoppa henne när hon trängde sig förbi honom, bara tog ett steg åt sidan och lät henne gå.

När dör egentligen en människa? Efter det som hände vet jag att det finns en annan sorts död än den fysiska. Dorothy var i högsta grad levande när hon rusade bort från vårt hem, ändå var hon som död nästa stund och tiden som följde. Hon fanns inte mer. Hade aldrig funnits. Hennes saker var kvar och sängen bäddades med rena lakan, men ingen nämnde hennes namn och minnet av henne tycktes som utplånat. Vardagen fortsatte och var avsevärt lugnare, även om den vi aldrig nämnde molade i fjärde stolen runt köksbordet och vid badrumshängarens tomma krok. Jag undrade ofta hur hon klarade sig.

Vad mina föräldrar kände vet jag inte, som vanligt behöll vi våra tankar för oss själva.

Sommaren gick och höstterminen kom, mitt sista år på gymnasiet. Första frosten färgade träden gula. Det hade hunnit bli oktober. Redan när telefonens signal ljöd genom lägenheten visste jag att det var hon som ringde, trots att det gått nästan fyra månader. Mamma jobbade halvtid i köket på ett ålderdomshem och pappa var bortrest för någon elinstallation. Jag var ensam hemma.

”Fan Bodil, vi snackar om femtio spänn. Kom igen nu, var lite schyst för en gångs skull. Jag har knappt käkat på en vecka och jag vet inte var ...” En signal ljöd, den som varnade om att automaten krävde en ny tjugofemöring. ”Jag har inte mer stålar, jag väntar vid Spottkoppen här på Centralen. Ta med mina läderstövlar och lite kläder också och min gula täckjacka för det börjar bli jävligt ka...”

Samtalet bröts och jag stod kvar med luren mot örat när mamma klev in genom dörren. Jag vet inte varför, men reflexmässigt slängde jag på luren. Som om jag gjort något fel.

Mamma stannade och såg på mig. ”Vem var det?”

”Ingen särskild, en från skolan bara.”

Jag vet inte heller riktigt varför jag ljög. Förmodligen för att skydda mamma. Hon gav mig en underlig blick och hängde av sig kappan, sa ingenting och försvann in i köket med matkassarna. Jag gick in på mitt rum. Satte mig på Dorothys säng. En lång stund satt jag där och vägde för och emot men innan jag vägt färdigt öppnade mamma dörren.

”Om din syster hör av sig när inte jag är hemma så kan du hälsa henne att hon är välkommen hem och be om ursäkt. Hon har en säng här om hon bara kan uppföra sig.”

”Okej.”

”Det är för hennes eget bästa, det förstår du va?”

”Visst.”

Hon stod kvar och betraktade mig på ett sätt jag inte tyckte om.

”Jag skulle bli väldigt besviken om vi inte stod enade i det här Bodil. Om det var så att det hände saker bakom min rygg.”

”Självklart.”

”Bra. Jag misstrodde dig aldrig, det var inte det. Jag ville bara att det här skulle vara uttalat.”

Därefter gick hon och jag behövde inte tänka något mer. Lydiga Bodil la sig på sängen och ägnade resten av kvällen åt bortträngning. Det var bilden av Dorothy som tog form bakom ögonlocken, hur hon stod på Centralen och väntade på en räddande storasyster som aldrig dök upp.

Nog kände jag fröet slå rot, men hur skulle jag kunnat ana dess enorma livskraft? Jag förstod inte hur djupt rötterna skulle gräva sig ner i samvetet.

Tjugotre år senare när Viktoria var sexton. Så ung och värnlös, trots att hon inte begrep det själv. Den alltigenom hjärtskärande tanken att hon skulle stå hungrig och frusen på Centralen.

Så som Dorothy gjorde.

Hela mitt liv har jag levt så försiktigt. Jag har aktat mig för att göra fel och tvekat så länge att tillfällen som kunnat göra skillnad hunnit gå mig ur händerna. Det är obegripligt att jag ändå lyckades göra så många misstag.

Trots att jag ofta inte gjorde någonting alls.

Hundratals gånger, kanske tusentals. Gång på gång har jag frågat mig hur det skulle ha blivit om jag vågat trotsa mamma den där oktoberkvällen när Dorothy ringde.

Hur mycket som hade blivit annorlunda.

ANDREAS

Det har gått en månad sedan jag klev upp ur sängen. Min influensa är över och ingen annan i familjen blev smittad. Särskilt Åsa välkomnade mitt tillfrisknande. Under tiden jag legat sjuk har hon dignat under den dubbla arbetsbördan. Nu deltar jag återigen som om inget har hänt, och ingen misstänker ens den minsta förändring. Vi går upp om morgnarna, äter vår frukost, skyndar iväg och jag skjutsar barnen till skolan. Jag till och med parkerar bilen vid Saltsjö-Duvnäs station. Men därefter för jag en tillvaro ingen mer än jag känner till. Längs gator där ingen känner mig går jag hem igen och smiter in genom källaringången. Jag bäddar med kudde och täcke i soffan, och till ljudet från någon barnkanal får jag äntligen några timmars sömn. I god tid innan barnen ska hämtas undanröjer jag alla spår, och på Åsas hämtdagar går jag ner till bilen vid stationen. Där sitter jag några timmar och surfar på nätet tills det är dags att komma hem som vanligt.

Även nätterna tillbringar jag framför datorn. Så snart Åsa

somnat smyger jag upp igen och surfar till gryningen. Gallren för källarfönstren hjälpte inte. Inte heller det nya inbrottslarmet.

Det här upplägget är bara tillfälligt. Naturligtvis förstår jag dess begränsning och alla lögner tär på krafterna, men just nu ser jag ingen annan råd.

Det är bara nu när jag inte kan sova.

Nu, när jag vaktar om natten.

Det var på en fredag jag steg upp, bäddade rent och sa att nu var det onda i halsen borta. Det var i sig ingen lögn, men det som i själva verket bundit mig till sängen var oförändrat. Jag tvingade mig upp för att Åsa ville ringa en läkare.

Att jag valde en fredag var ingen tillfällighet. Då fanns en hel helg innan måndagen skulle tvinga in mig till stan och tillbaka till jobbet. Den tanken var allt annat än lockande. Jag försökte dock intala mig att obehaget skulle hinna försvinna.

Så blev det inte.

På lördagen åkte Åsa och jag till Ica Maxi. Matförråden hade sinat medan jag legat till sängs och det var dags för storhandling. Jag hade inte lämnat huset sedan mitt utbrott på jobbet och redan på parkeringsplatsen ville jag vända hemåt igen. Det var mitt i lördagsrusningen och jag ångrade att vi inte väntat till senare. Jag körde, och bara att välja en parkeringsficka blev en oväntad prövning. Åsa pekade och pekade – där är en! där är en! – men först när jag anade hennes stigande irritation förmådde jag stanna bilen. Jag blev sittande med handen kvar vid startknappen. Människor var på väg till och från sina bilar. Åsa var redan framme vid varuvagnarna.

Jag tog mig samman och följde efter. Vi gick mot ingången. Hjulen skrällde mot asfalten och blandades med oljudet från andras vagnar, trafiken på Värmdöleden, barn som skrek, en dam som skramlade med en insamlingsbössa. Jag hade hjärtklappning och ansträngde mig för att Åsa inte skulle märka hur jag mådde. På väg in genom den snurrande dörrslussen stannande plötsligt maskineriet. Det var vi och en man med varuvagn som trängdes i tårtbiten.

Medellängd. Grått hår med begynnande flint. Glasögon. Grön jägarjacka. Svarta skor.

Stoppet varade bara några sekunder. Det var tillräckligt länge för att bli outhärdligt.

”Jag ska bara gå på toaletten.”

”Okej, jag går mot brödavdelningen och så väntar jag där. Har du inköpslistan?”

Jag krånglade upp den ur fickan och letade upp kundtoaletten. Väl inlåst lutade jag mig framåt över handfatet och tog stöd mot väggen. Drog i halslinningen. Sköljde händerna under spolande vatten och när jag torkade dem såg jag att de skakade.

Måste skärpa mig. Måste skärpa mig. Bara gör det här nu så får du åka hem igen. Kom igen nu Andreas, skärp dig för helvete!

Så jag skärpte mig och gick ut igen. Letade en stund efter Åsa men ringde till slut hennes mobiltelefon.

”Jag är på brödavdelningen precis som jag sa.”

”Det sa du inte alls.”

”Jo, det sa jag visst.”

”Nej.”

”Spela roll, jag är i alla fall där nu. Jag står vid det färska brödet.”

Jag gick dit och såg på när hon fyllde en påse med kanelbullar.

”Jag lovade ungarna att vi skulle fika när vi kom hem. Du förresten, vore det inte gott med en bit gruyère i kväll? Kan inte du gå och ta en nummerlapp? Jag hämtar lite annat så länge.”

Vi skildes åt och jag gick mot ostdisken. Det stod ett tiotal kunder och väntade, mitt nummer visade att nio stycken var före mig. Jag drog mig åt sidan och avvaktade med ryggen säkrad mot en pelare.

Hur länge hade ungarna varit ensamma nu? Vi borde ha tagit dem med oss.

”Hej det är pappa. Vad gör ni?”

”Jag spelar dataspel.”

”Vad gör William då?”

”Jag vet inte. Jag hinner inte prata nu.”

”Gå och kolla Maja, jag vill bara veta vad William gör.”

Ett irriterat stön. Dataspelsljudet tonade bort när Maja rörde sig genom huset. ”Han och Lukas kollar på tv.”

”Okej. Vi är snart hemma igen, vi ska bara handla färdigt. Och du vet att ni inte får öppna för nån om det ringer på dörren?”

”Jaaaa.”

Sex nummer kvar. Åsa kom förbi och fortsatte mot köttavdelningen. Fyra nummer. Nya kunder tillkom och jag höll dem under uppsikt, ingen av dem verkade ta notis om mig vilket innebar att ingen kände igen mig.

”Femtiåtta!”

Jag lyfte armen och gick fram till disken. Hamnade mellan en äldre man och en kvinna med ett barn i famnen. Sedan vet jag inte riktigt vad som hände. Bara att jag i samma ögonblick som jag mötte den kvinnliga försäljarens blick tyckte mig känna lukten av människokropp blandad med tvål eller billigt rakvatten. Den där lukten… Paniken kom så snabbt att jag aldrig hann värja mig. Allt jag såg var hur ögonen på andra sidan disken förvandlades, genom en tjutande tunnel stirrade de på mig och all styrsel i kroppen försvann. Ett våldsamt tryck över bröstet. Det fanns ingen luft, jag behövde kräkas, kallsvetten trängde fram och benen vek sig. Liggande på golvet såg jag genom tunneln hur främmande människor närmade sig. *Jag vill inte dö snälla Fader vår som är i himmelen jag vill inte dö, jag vill inte dö …* Där var Åsas ansikte, förvrängt av oro, jag kände en hand i min och hur en annan strök över min panna.

”Var har du ont nånstans? Andreas, säg hur det känns! Kan nån se till att få hit en läkare!”

Bara andas, bara andas, bara försöka överleva.

Det var en hjärtinfarkt, det måste det vara, någonting i kroppen hade gått sönder. Jag hörde larmet omkring mig, Åsas upprörda röst, hur det ropades i högtalarna. ”På grund av ett akut sjukdomstillstånd i butiken söker vi en läkare eller annan sjukvårdskunnig person till delikatessdisken.”

Mitt inre kröp ihop.

”Gör det ont nånstans Andreas, snälla säg bara var det gör ont.”

Det började sticka i fingrarna och förnimmelsen rörde sig upp genom armarna. ”Här.”

”Jag är sjuksköterska. Har nån ringt efter ambulans?”

”Den är på väg. Han säger att han har ont i bröstet.”

”Vad heter han?”

”Andreas.”

”Hej Andreas, jag heter Anneli och är sjuksköterska. Jag ska bara känna på dig lite grann.”

Händer tog i min kropp, öppnade jackan, förde mitt huvud bakåt och tryckte försiktigt på halsen.

”Andreas, försök att andas lite lugnare.”

Och så till någon annan med skarpare ton: ”Han kommer börja hyperventilera om han fortsätter andas så där. Kan nån hämta en papperspåse?”

Stickningarna hade börjat kännas i ansiktet och jag förnam en krampkänsla runt läpparna.

”Vi lägger honom i sidoläge tills ambulansen kommer.”

Jag vältrades över och fick en jacka som kudde under huvudet. En dragkedja skavde mot kinden. Tårarna rann och krampen hindrade mig att stänga munnen. Någon höll en papperspåse framför mina läppar men jag slog undan den. Jag höll ögonen slutna i ett försök att stänga ute de blickar jag visste var klistrade vid mitt ansikte. Hur jag visste det? Jag kände dem fräta. Det fanns inte längre någon hud som skyddade mig. Jag var fullständigt blottad, inför den som ville se var jag underkastad kraften som tagit över min kropp.

Förnuftet krökte sig av rädslan och kränkningen.

Jag har bara vaga tidsbegrepp om det som hände därefter. Ambulansfärden till Södersjukhusets akut, alla provtagningar – jag minns egentligen bara skammen när de fysiska krämporna avtog och jag insåg att det jag känt bara var en vanföreställning. Ett påhitt av mina egna sinnen.

”Alla provsvar är bra. Din kropp och ditt hjärta är av allt att döma i utmärkt skick.”

Jag låg fortfarande på en brits med bröstkorgen full av tejpbitar efter EKG-undersökningen.

Åsa satt på en stol bredvid. ”Ni kan väl inte bara låta honom åka hem? Han föll ju bara ihop helt plötsligt, då är det väl nåt som är fel?”

Läkaren bläddrade i papperna och läste på dataskärmen. ”Nej. Inget som går att se efter våra tester.”

Åsa ställde sig upp. ”Då får ni väl göra fler undersökningar. Han har ju just haft influensa. Kan det inte vara nån sorts följdsjukdom?”

”Inte enligt dom provsvar jag har. Några har skickats till labb och svaret kommer inom några dagar. Det finns dock inget som tyder på manifestation av sjukdom eller att han har nån skada.”

”Har ni kollat borrelia?”

”Ja.”

”Jamen nåt fel måste det ju vara. Han hade jätteont i bröstet och vi som var där såg ju att nåt var allvarligt fel. Det måste väl finnas fler prover att ta?”

Jag satte mig upp och svängde benen över britskanten. Ville gärna komma därifrån.

”Skulle du känna det skarpa trycket över bröstet eller få andningssvårigheter igen så får du komma tillbaka.”

Jag nickade och plockade lite med tejpresterna. Rättade till mina kläder.

”Men det här är ju inte klokt!” Åsa var upprörd och tänkte inte ge sig. ”Jag tycker faktiskt att det är oansvarigt att bara låta honom åka hem såhär utan att ni vet vad det är för fel!”

Läkaren satt tyst en stund med en svårtydd min. Sedan vred han på stolen och betraktade mig en stund som kändes betydligt längre än den förmodligen var. ”Har du känt dig ovanligt stressad eller så den senaste tiden?”

Åsa drog efter andan för att säga något men avbröt sig. Därefter hade jag bägges blickar riktade mot mig.

”Nej. Inte särskilt. Som sagt, jag har just legat sjuk.”

Åsa bytte fot. ”Varför frågar du det? Du menar att det skulle ha varit ett anfall av stress som golvade honom? Herregud, han var ju alldeles vit i ansiktet och skakade hela han, det såg ut som ett epileptiskt anfall eller nåt. Och så hade han ju skitont i bröstet.”

Läkaren ignorerade henne och fortsatte titta på mig. ”Inget annat som har hänt? Att du känt dig mer orolig än vanligt, haft ångest, känt hjärtklappning eller ett tryck över bröstet?”

Under ett ögonblick låg fältet öppet. Allt som hänt trängdes på tungan. Jag hann nästan börja, men i det ögonblicket tittade jag på Åsa och insåg att det blivit för sent. Hennes ansikte lyste av misstro mot läkaren, en misstro hon förutsatte även var min. Såsom vi vanligtvis delar samma uppfattning.

I över tre veckor hade jag valt att tiga. Undanhållit sanningen. Att berätta först nu, inför läkaren, skulle göra sveket ännu större. En offentlig nedvärdering av vår relation, av vår lojalitet med varandra.

Så jag sa ingenting. Då, när jag faktiskt hade chansen. Istället åkte vi hem med en remiss till vårdcentralen. Jag skulle få göra ett arbetsprov på hjärtat, anstränga mig på en testcykel medan det togs ett nytt EKG.

Det var Åsa som tjatade till sig remissen.

Sedan dess har jag blivit kallad och även ringt och avstyrt det hela. Till Åsa har jag sagt att testet gick bra. Jag har också sagt att det fanns ett förhöjt värde i ett av proven som skickats till labb. En följd av influensan men som nu var normalt. Det har lugnat henne. Nu frågar hon inte längre hur jag mår lika ofta. Det är skönt. Då slipper jag ljuga så mycket.

I övrigt tror hon som sagt att vårt liv rullar på. Den enda favör jag bett om är att få slippa åka till Ica Maxi. Jag beskrev hur pinsamt det känns att ha legat och gråtit på golvet för att därefter bäras ut på en bår. Det förstår hon och handlar numera ensam, jag städar i gengäld och tar hand om all tvätt.

På så vis slipper jag lämna huset.

En månad har gått, och jag vet inte riktigt vad passiviteten och sömnlösheten gör med mig. Livet har blivit förvirrande. Jag har varit så van att följa min plan, fortsätta vidare, ha blicken riktad framåt. Egentligen har jag nog aldrig haft några större motgångar. Allt har rullat på, jag är van att det blir ungefär som jag har planerat.

Nu har jag tappat all styrsel. Jag drabbas ofta av en känsla av overklighet. När jag tror mig ha återvunnit kontrollen försvinner marken under mig igen och jag faller handlöst genom främmande tankar. Det finns inget att hålla sig i. Stundtals är jag rädd att förlora förståndet. Mitt vanliga liv känns så fjärran att jag inte förstår vad jag höll på med förut, att det faktiskt var jag. Det var så mycket jag aldrig uppfattade.

Jag har förlorat skygglapparna.

Nu vet jag hur rädsla känns. Äkta rädsla. Jag vet att den dunkar som ett blödande sår, och jag vet att när den kommer kan jag inte försvara mig.

Mer än allt annat vill jag veta vem han är, han som var beredd att döda mig för en näve sedlar och några guldberlocker. Var finns han, så att jag kan få slåss med honom? Samla allt jag känner i nävarna och möta honom på lika villkor.

När han är omaskerad, den jävla fegisen.

Jag ringde polisen för någon vecka sedan. De vet fortfarande inte vem han är.

Hotellprojektet fortskrider utan mig, jag bad Caroline att ta in en annan partner. Trots att valet var mitt och kunden protesterade känns det kluvet att det faktiskt fungerar. Nyss var jag oumbärlig och min insats ett villkor, nu när jag inte längre är med görs de där ritningarna i alla fall.

Min stora betydelse var en chimär. Som så mycket annat, har jag insett. Den ena villfarelsen efter den andra blir uppenbar och det känns som om jag genomskådat både mitt eget liv och världen omkring mig. Jag har stressat runt i ett försök att göra mig viktig, men hur viktig var jag egentligen när det verkligen gällde?

Kanske är det därför jag alltid har känt mig så jäktad, för att sanningen hela tiden nafsat mig i hälarna.

Jag är utbytbar, precis som alla andra. Vi är bara kroppar nedsänkta i ett gigantiskt hav, när vi försvinner fylls utrymmet snabbt och det går inte ens att se att vi någonsin var där.

Samtidigt har jag anat miraklet. Hur slumpen vandrat under miljontals år. Tiden har runnit genom generationer av förfäder, vid varje skiljeväg har mängder av människor gjort exakt de val som krävts för att just jag blev till. En oändlig kedja av tillfälligheter. Den tanken tröstar mig. Den låter mig bli en del av något större. För vad som än sker, om så efter min död, ska jag fortsätta vara far till mina barn. Det är det enda oförgängliga, det enda som aldrig kan tas ifrån mig. Jag har lämnat mitt bidrag till artens existens och det gör mitt lilla avtryck i evigheten betydelsefullt. Jag är bara en oansenlig länk som snart ska bli glömd, ett litet bloss som flammade till, men samtidigt är jag en del av det gigantiska nät som satte Maja och William till världen.

Det var mitt ärende här. Det enda universum begärde.

Resten är bara lullull.

Ett sätt att få tiden att gå.

Och det är runt detta lullull jag har börjat fundera. Varför jag valt som jag gjort och varför jag aldrig har försökt göra någon verklig skillnad. Min bestående betydelse är och förblir som avelshingst. Rita hus i all ära, men i ärlighetens namn, egentligen ritade jag ju bara för min egen skull. Jag ville imponera med min skicklighet och inte minst tjäna pengar. Gärna så mycket som möjligt. Skaffa mig en bra position. Utmärka mig.

Mina föräldrars samhällsengagemang gick inte i arv. Varför kan jag inte svara på. Jag vet bara att någonstans längs vägen smög sig uppfattningen på att det var bäst att jag satsade på mig själv. *Because I'm worth it.*

Andra fick väl ta ansvar för sina egna liv. *Magnum – för god för att dela.*

Jag googlar mig genom nätterna för att förstå varför jag aldrig har ifrågasatt de idéer som styr mitt liv. Som ledd av ett kollektivt överjag har jag vetat vad jag bör eftersträva och jag minns mig inte ens ha gjort ett medvetet val. Tillsammans med alla andra har jag befunnit mig i en gigantisk tratt, där ingen undrat över vem som kontrollerar utgångshålet eller har ifrågasatt vart det egentligen leder.

För dig som bara nöjer dig med det bästa.

Jag vill veta vem som tog makten över mina behov. Vem som tog sig rätten att bestämma vad som innerst inne är viktigt.

Varför köpte Åsa och jag ett hus för nio miljoner trots att vi inte behöver bo så stort? Varför skulle det tvunget ligga i ett statusområde? Vad fick oss att bygga om kök och badrum trots att de gamla fungerade alldeles utmärkt? Varför spenderar Åsa och jag mer pengar nu när vi tjänar bättre och varför väljer vi att jobba så mycket när vi hela tiden säger oss längta efter semestern? Vi är alltid stressade. Ser det som en naturlig del av tillvaron, som något vi måste acceptera. Varför gör vi det? Vem har bestämt de reglerna? Vad får oss att tro att det är vår lott, att så har människan alltid levt?

Någon lurar oss och tills nu har jag svalt hela betet. Genansen fyller mig när jag inser hur lätt jag låtit mig styras. Det som är mitt har fått sitt värde först i förhållande till omgivningen. Min dröm har närts på bekostnad av andra. Så snart de fått det lika bra har jag velat ha ännu mera. Nya symboler som visat att just jag har lyckats lite bättre.

Men när det väl gällde blev jag inte skyddad av vare sig status eller min hopskrapade förmögenhet. Mot slumpen hade det inte en chans.

Det var bara lullull.

Så vad gör jag nu? Nu, när jag har insett att min världsbild har varit förvrängd. Det enda som återstår är att försöka ta reda på varför. Försöka förstå. Få en förklaring till att jag så enkelt rättade in mig i ledet och lät mig formas till en följsam slav. Hitta sammanhangen.

Härom natten fann jag en del av svaret på nätet. Det var värre än jag anade.

I september 1995 samlades världens maktelit på lyxhotellet The Fairmont i San Francisco. De kallade sig Den nya globala hjärntrusten. Femhundra tongivande politiker, företagsledare, nationalekonomer, finansmän, vetenskapsmän och mediemoguler från världens alla kontinenter. Målet var att staka ut vägen för nästa århundrade – ”på väg mot en ny civilisation”.

Det diskuterades global ekonomi, tillväxt, avregleringar och rationaliseringar. Hur konsumtionshjulen ska hållas i rullning. Flera idéer kom upp. Genom den rörliga bildens makt kunde man förena mänskligheten i en gemensam dröm om tillvaron. Skapa ett globalt livsstilsideal. Dagens satelliter kunde överösa jorden med likformiga förebilder och behovsdrömmar. Miljarder människor skulle samlas runt tv-skärmarna och näras av samma begär.

Världen blir en. Förenad i längtan efter samma varor.

Så till nästa problem. Hur skulle företagen öka sin vinst? Att kräva dem på socialt engagemang ansågs orimligt med tanke på den globala konkurrensen. I den frågan rådde enighet. Därefter sammanfattades framtiden i ett sifferpar – tjugo till åttio. Bara tjugo procent av den arbetsföra befolkningen skulle behövas under det kommande århundradet. Det räcker för att hålla igång världsekonomin. Var de befinner sig är likgiltigt, företagen söker sig dit där arbetskraften är som billigast. På så vis ska ingen känna sig säker på att få behålla sitt jobb, arbetstagarna hålls fogliga och fackliga organisationer kommer att förlora sin makt.

Ett litet problem var ju visserligen vad man gör med de åttio procent som blir sysslolösa. Hur ska man hålla dem lugna, och hur får man mänskligheten att acceptera orättvisorna?

En amerikansk säkerhetspolitisk rådgivare fann på råd. Under mötet myntades begreppet ”tittytainment”. *Titt* för ett mjölkgivande kvinnobröst och *tainment* för underhållning. Han menade att om bara den stora massan (pöbeln som den ofta benämndes under mötet) fick tillräckligt med mat för att överleva kunde den hållas foglig genom bedövande underhållning. Om den engageras av meningslösa tv-program, dränks i styrda behovsdrömmar och blir serverad snuttifierad information förblir den okunnig om de större sammanhangen. Det kritiska tänkandet uteblir. Ingen kommer att protestera för ingen förstår vad man ska protestera emot. Folk kommer att ha fullt upp med sitt eget och ingen kommer att organisera sig.

Bingo!

Den samlade världsmakten resonerade sakligt om fördelarna i denna fördumningsprocess och enades om att tanken var god.

Och här sitter jag, snart tjugo år efter den konferensen. Manipulerad in i benmärgen. Den ekonomiska krisen är här och medan företagen flyttar till låglöneländer fortsätter vi jaga låga priser samtidigt som vi förbannar den stigande arbetslösheten. Planeten kippar efter andan medan vi röstar bort deltagare ur tv-program. Varken jag eller någon jag känner diskuterar någonsin politik. Knappt värderingar heller. Orättvisor engagerar oss inte, så länge de inte drabbar oss själva eller våra barn förstås, då jädrar blir det liv i luckan. Klimathotet kan komma upp någon gång, men de flesta har tappat intresset. Vi hyser en häpnadsväckande likgiltighet inför omvärlden. Vi pratar hellre om matrecept, inredningsdetaljer, spännande resmål och saker vi köpt eller vill köpa. Ibland berättar vi hur vi själva mår, ältar våra relationer. På kvällarna serveras vi nonsens och underhållningsvåld, och med jämna mellanrum en dos reklam som håller oss medvetna om våra brister. Nöjda kan vi aldrig bli. Våra psyken har blivit förgiftade. Besatta av våra egna liv hastar vi vidare med en rastlöshet som bara kan uppstå när någonting fattas. En gnagande känsla av att något är fel.

Vi kan bara inte sätta fingret på vad.

Jag häpnar över hur väl Den globala hjärntrusten lyckades. Vi har förvandlat oss till lydiga kugghjul. Tillsammans smörjer vi ett maskineri som skulle haverera om för många faktiskt tänkte efter. Men vi när ett omättligt monster. Precis som vi själva vill det alltid ha mer.

På så vis är vi alla medspelare och därmed medskyldiga.

Jag vill inte vara det längre. Kan inte längre. Allt lullull har förlorat sitt värde. Jag går här om dagarna och undrar vad man gör när allt har tappat sin mening.

Jag har ingen aning.

BODIL

Hösten och vintern gick men Dorothy hördes inte av. Hennes frånvaro kommenterades fortfarande inte, men det var även annat som uteblev. Tystnaden la sig som en blöt filt över lägenheten. Jag tyckte mig till och med kunna känna lukten. Den blev synonym med allt det outsagda, men egentligen berodde den på att mamma efter alla år av idogt fejande slutade städa. Hon låg mest på sin säng. Ibland satt hon med händerna i knät och tittade ut genom fönstret. Någon enstaka gång kunde hon resa sig och gå fram till städskåpet, men när hon stått där en stund gick hon och satte sig igen, som hade hon glömt varför hon rest sig från början. Pappa och jag hjälptes åt med hushållsarbetet. Det gick så långt att jag började sakna mammas utbrott, då blev åtminstone något sagt. Nu var det istället hennes livlöshet som tog över vårt hem.

Med jämna mellanrum var hon hos doktorn. Varför visste jag inte, och min oro växte över hur de skulle klara sig utan mig när hösten kom. Det var bara månader kvar till studenten och efter den skulle jag äntligen börja leva mitt eget liv. Jag hade inte sagt något om mina planer, men inom mig spirade framtidsdrömmen. Två år hade gått sedan fröet sätts. Varje kväll strök jag dagen som gått i min fickalmanacka, för att kunna se hur allt färre återstod tills det var dags.

Dessa tillfälligheter. 1974 bestämde sig en man för att ta livet av sig genom att hoppa framför ett tåg i tunnelbanan. Vem han var eller varför vet jag fortfarande inte, men hans handling skapade ett timslångt stopp på den röda linjen. Följden blev att jag promenerade en bit och hamnade på en plats dit jag annars aldrig skulle ha kommit. Jag var sjutton år och längtade bort, till vad var mindre klart och framtiden höljdes i ett modlöst dunkel. Gymnasiet hade visat sig bli lika ensamt som högstadiet och resan in till stan hade varit ett infall. Det var klämdag och ledigt, och jag var så innerligt trött på att alltid gå hemma. Jag gick på måfå och passerade en avspärrning. Först tänkte jag bara gå vidare, men något väckte min nyfikenhet. Det pågick en arkeologisk utgrävning. Två personer låg på knä och mejslade försiktigt fram en gammal stenmur ur underjorden, en tredje satt böjd över ett krus i rödbränd lera som till hälften stack upp ur marken. Jag blev stående. Så påfallande länge att arkeologerna nere i gropen la märke till mig och undrade om jag ville fråga dem något.

”Nej. Jag bara tittar.”

Som förhäxad följde jag deras arbete. Jag vet inte varför det berörde så starkt. Kanske var det kruset som någon ägt i ett fjärran förflutet, insikten att marken var full av svunna öden. Kanske var det bara deras tålmodiga och noggranna arbete. Jag kunde se mig själv där nere. Äntligen en passande uppgift för min uthållighet. Jag ville som de få gräva mig ner till en annan tid och betvinga den verklighet som kändes så mödosam med all ensamhet och mammas och Dorothys ständiga bråk. Det fanns en helt annan värld under mina fötter. En förgången värld, och när jag stod där på gatan och tittade ner genom tidsåldrarna insåg jag att även mitt eget futtiga elände skulle tillhöra det förgångna en dag. Om några hundra år kanske en arkeolog skulle hitta resterna efter det som en gång var mitt.

Nästa skoldag gick jag direkt till skolans syokonsulent.

”Jag vill veta var man utbildar sig till arkeolog.”

Våren 1976. Två år efter mitt beslut och ett halvår efter att Dorothy ringt från Centralen. Hemma fortgick tystnaden. Kvastbilen sopade gatorna fria från vinterns grus och skogsdungen bakom huset fylldes med vitsippor. Kvällarna blev ljusare. Som alltid kom våren i följe med en pirrande förväntan. Den här gången var den inte lönlös. Studenten närmade sig och mina höga betyg skulle säkra antagningen till universitetet i Lund. Det låg på tillräckligt avstånd. Uppsala kändes allt för nära. Men min längtan grumlades av oro. Mamma tycktes inte bli bättre. Inte ens kungens förlovning med Silvia intresserade, veckotidningarna jag köpte förblev olästa. Ibland funderade jag på att åka in till Centralen och leta efter Dorothy, men oviljan att gå bakom mammas rygg vann alltid kampen i min tvekan. Särskilt nu när hon var så förändrad. Hon arbetade inte längre, hon var alltid hemma. I slutet av maj hittade jag ett papper i köket som sa att hon blivit sjukpensionär. Anledningen framgick inte men jag ville så gärna veta.

Till slut tog jag mod till mig och frågade pappa.

”Är mamma sjuk?”

Han log lite grann men slog undan blicken. Han satt vid köksbordet med tidningens sportsidor och veckans tipskupong.

”Hon har lite problem med nerverna bara. Det blir nog bra ska du se.”

Hjärtat bultade men jag var tvungen att fortsätta. Jag sänkte rösten ytterligare. ”Beror det på Dorothy tror du?”

”Nej.” Som ett hugg.

Hans leende dog bort och han harklade sig, satte på sig glasögonen och återgick till resultattabellerna. Jag stod kvar i dörren. Tog sats för att ställa min sista fråga, medveten om att modet jag samlat snart skulle lämna mig.

”Tror du att hon orkar komma till skolgården när jag tar studenten? Hon behöver ju inte eller så, det går bra ändå, jag tänkte bara fråga om ni kanske hade pratat om det.”

Han la ifrån sig pennan. Log igen men det glada nådde aldrig hans ögon. ”Vet du”, sa han. ”Jag hade tänkt vänta tills din examensdag men jag kan väl lika gärna berätta det nu. Om du tänkt sommarjobba på Långbro sjukhus igen så vill jag att du tar ledigt första veckan i juli. Tågbiljetterna ligger i lådan där. Vi ska göra en resa du och jag. Jag vill så gärna visa dig den fantastiska naturen i Lappland.”

Det han sa var så häpnadsväckande att jag först inte insåg att det var glädje jag kände. Så mycket annat kom vällande. Ut och resa? Pappa och jag? Det längsta jag dittills åkt var till farmor och farfar i Nyköping.

”Vi tar nattåget och bor några nätter på Abisko fjällstation. På dagarna ger vi oss ut och vandrar. Du anar inte hur vackert det är där uppe, hur alldeles gudabenådat vackert.”

Men det kunde jag nästan. Upplevelsen speglades i hans ansikte. All hans längtan låg samlad i ett ansiktsuttryck jag aldrig sett förut. Böckerna han alltid läste, naturprogrammen han tittade på. Nu ville han dela med sig av sitt stora intresse.

Till mig.

Först var jag stum. Därefter ville jag bita av mig tungan när jag formulerade min tacksamhet i ord som bara förtog allt det glada: ”Mamma då? Klarar hon sig verkligen ensam?”

Hans anletsdrag föll tillbaka.

”Jag har tagit hand om det. Ulla kommer hit och tittar till henne.”

Så kom sista skoldagen. Jag hade köpt en vit klänning och kände mig ganska fin. Några studentmössor hade vi inte, det ansågs snobbigt och användes bara av överklassen. Skolkamraterna grät och bedyrade heligt att de skulle hålla kontakten med varandra, själv kände jag bara befrielsen över att få gå vidare.

Jag var den första i släkten som tog studenten och även om man inte skulle yvas över saken kunde jag se att pappa var mycket stolt. Han var klädd i kostym och hade sällskap av farmor och farfar på skolgården. Efteråt gick vi på restaurang och jag fick en armbandsklocka i examenspresent. Till dessert åt vi banana split och sedan följde vi farmor och farfar till tåget. När vi kom hem låg mamma till sängs. Det låg ett kuvert med hundra kronor på min kudde. Och ett förtryckt kort med texten ”Grattis på studenten”.

En månad senare var det dags för pappa och mig att ge oss av på vår resa. Tåget till Abisko tog nästan ett dygn. Så länge jag orkade satt jag vid fönstret och såg 130 mil av Sverige passera i den ljusa sommarnatten. Städer och skogar, sjöar och fält. Hur landskapet bytte skepnad och bebyggelsen förändrades. Jag fantiserade om vilka som bodde i husen och gårdarna. Lockades av deras okända liv. Förundrades över vissa platser, att någon valt att slå sig ner just där. Ju längre norrut vi kom, desto längre stunder kunde vi färdas utan att se några spår från människan. Vi sa inte mycket, ibland tittade vi bara på varandra och log i samförstånd. Just då fanns det inte något mer att säga.

Det är sällan man vet redan där och då att något kommer att lämna outplånliga minnen. Vår Lapplandsresa hörde till undantagen. Jag visste att våra dagar var unika. Därför var jag medveten om varje ögonblick. Allt jag såg, hörde och rörde vid fick en särskild klarhet och mina minnen har aldrig grumlat sig efteråt. I mitt inre har jag kunnat återskapa fjällvärldens vidder trots att jag aldrig såg dem igen.

Landskapet var vidunderligt. Vi vandrade över hedar och örtängar, genom fågelrika våtmarker och lågvuxen fjällbjörkskog. Vart jag än vände mig höjde sig fjällmassiv, nära eller uttänjda längs horisonten. Och alla ljuden. Så olikt hur det lät i Aspudden. Till min förvåning upptäckte jag att naturen inte alls var tyst. Ofta stod vi bara och lyssnade. Porlet från en fjällbäck eller forsande vatten i en kanjon mellan branta klippor. Läten och säregna melodier vars ursprung inte ens fågeln som sjöng kände till. Vindens rytm, hur den ibland strök ljudlös över markerna för att sedan ta fart i en vinande vissling.

Pappa delade med sig av sin kunskap. Medan vi gick berättade han om växterna och deras märkvärdiga anpassning till det karga klimatet. Jag försökte föreställa mig vintern.

Kölden när stormen tjöt och snön som låg djup. Det långa mörkret under polarnatten. Tanken var fjärran, särskilt när jag borde sova men hölls vaken av midnattssolen.

Våra strövtåg bar oss över markerna. Jag lät mig hypnotiseras av trampet från mina egna steg. Ibland stannade vi till, vad pappa än såg fann han något att lära mig.

”Det är hårt att vara blomma i det här klimatet. Dom ska hinna blomma under den korta sommaren och försöka överleva den långa vintern.” Han hukade vid en oansenlig växt. ”Titta, här har du nätvide. Lika småväxt som dom flesta arter här uppe, det skyddar från den hårda blåsten. Det är därför dom ofta håller ihop i tuvor och liksom kryper fram över marken.”

Han berättade om djurlivet, spår efter inlandsisen, insekter och bergarter. Jag lyssnade uppmärksamt, mest för att jag tyckte så mycket om att höra hans röst. Mina nya skor gav mig skoskav men det gjorde ingenting. Jag var befriad från allt som vanligtvis skavde. Allt som var viktigt fanns där och då, i naturen omkring oss. Det var som att befinna sig i en sagovärld.

”Vi är snart framme. Trollsjön ligger där uppe, längst in i dalgången. Vi ska bara ta oss över krönet där.”

”Varför kallas den Trollsjön?”

”På samiska heter den Rissajaure. Sjön som glimmar som eld. Klarare vatten finns inte att hitta i Sverige. Fastän den är 36 meter djup så ser man ända ner till botten.”

Vi vandrade vidare. Sänkan där vi gick var fylld av enorma stenbumlingar, som om två stridande jättar stått på de omgivande topparna och försökt pricka varandra. Men pappa förklarade att de burits dit av inlandsisen. Framför och omkring oss höjde sig bergen. Jag hejdade mig och lät blicken klättra uppför branterna. Ingen mänsklig fot hade kunnat göra sitt avtryck där, ingen skulle någonsin göra det heller. Till tidens ände skulle de förbli orörda av allt annat än väder och vind.

Stigen gick uppför, slingrade sig mellan stora klippblock. Pappa hade stannat på krönet och när jag hann ifatt blev jag stående bredvid honom, så hänförd att orden försvann. Strax nedanför oss hade bergen format en kittel med det blåaste vatten jag någonsin sett. Ytan låg alldeles spegelblank. Stupen omkring reflekterades så skarpt att det var svårt att avgöra var gränsen gick, vad som var ovan eller under vattenytan.

”Varför är den så blå?” fick jag ur mig till slut.

”Det är den inte. Det är bara himlen som speglar sig.”

Han gick ner till strandkanten och krängde av sig ryggsäcken. Jag stod kvar och försökte ta in allt det storslagna. Fylldes av respekt. De väldiga bergen, vidderna som försvann bort i fjärran, markerna som oavsett människans påhitt följt årstidernas gång genom miljontals år. Vi var flera timmars vandring från civilisationen. Med ens upplevde jag min egen litenhet så starkt att det tog andan ur mig. Jag var en liten myra. Nej inte ens det. Jag var en liten prick, så fullständigt oväsentlig i det stora hela.

Tanken skrämde mig. Jag skyndade fram till pappa som satt på huk i vattenbrynet. Han vände sig om och sträckte fram en emaljmugg. ”Här. Godare vatten än detta finns inte att dricka i denna världen.”

Jag tog en försiktig klunk. Tänkte på ruttnande fiskar och reningsverk. Plötsligt ville jag tillbaka till min vanliga värld där jag visste hur jag måste bete mig. Det var till den jag var anpassad, precis som en stormpinad fjällväxt hade jag lyckats anpassa mig till omgivningen. I vildmarken var jag en främling. Jag skulle inte överleva många dygn om naturen satte den sidan till. Inte skulle den bry sig heller. Jag tittade på pappa. Han satt tillbakalutad mot ett klippblock och njöt av sitt vatten.

"Rent smältvatten från glaciärerna. Sjön är bara isfri tre månader om året."

"Du pappa?"

"Mmm." Han blundade med ansiktet mot solen.

"Jag kom att tänka på en sak."

Han visade inget tecken på intresse.

"Vad oviktig man är egentligen. Jag menar i det stora hela."

Han öppnade ögonen och såg sig omkring. "Ja", sa han till slut. "Visst är det skönt."

Därefter log han. Hela vägen upp till ögonen. Jag satte mig bredvid honom. Drack ännu en klunk medan jag smakade på hans märkliga svar. En lång stund satt vi där medan skyarna for över våra huvuden. De lägsta molnen slöt sig om bergstopparna innan de gled vidare och lämnade sikten fri.

Mitt livsmod kom tillbaka. Just nu var allting bra. Så bra att jag borde ta tillfället i akt att berätta om mina planer.

"Du?"

Pappa ryckte till och jag insåg att han hade slumrat till. "Mmm."

"Jo, jag tänkte till hösten. Jag har funderat lite på att flytta till Lund."

Kanske gick det inte så lång tid som det kändes innan han svarade. Min puls hann öka, och vyn över Trollsjön förvandlades till synen av antagningsbeskedet från Lunds universitet som jag gömt i bokhyllan.

”Vad ska du göra där?”

”Jag tänkte börja studera. Jag vill bli arkeolog.”

Han tog sin mugg och gick fram till vattnet, fyllde den och blev stående. Jag betraktade hans ryggtavla. Säg någonting! ville jag skrika, men han stod bara kvar och var tyst. Mina skuldkänslor slogs mot besvikelsen. Drömmen hade burit mig så länge, och jag var faktiskt myndig. Dorothy hade bara stuckit medan jag åtminstone frågade om lov.

Men trots orättvisan visste vi båda att jag aldrig skulle trotsa honom.

”Det kanske inte går”, sa jag till slut. ”Jag menar med tanke på mamma.”

Jag blundade när jag sa det. Ville kräkas av innebörden. Men då, äntligen, kom hans förlösande ord.

”Det blir nog bra. Lund är en fin stad.”

Han kom tillbaka och satte sig. Berättade om Lund, att han varit där några gånger och gjort något jobb. Och arkeologi skulle säkert bli bra, trodde han. Då fick man ju vara ute mycket i naturen.

Min lättnad var så stor att jag bara lyssnade halvhjärtat. Jag var ett steg närmare. Men mycket återstod att prata om. Som hur allting skulle lösa sig hemma.

”Är du säker på att ni klarar er utan min hjälp till hösten?”

”Det ordnar sig. Vet du att Lund är Sveriges äldsta stad? Den och Sigtuna. Det passar ju bra när du ska läsa arkeologi.”

”Vad är det för fel på mamma?”

Han drog med handen under näsan. Sträckte sig efter ryggsäcken och packade ner våra muggar. Jag fick känslan av att han valde sina ord, att händernas sysselsättning hjälpte honom. När han dragit åt alla remmar lutade han sig tillbaka igen, plockade upp en sten och fingrade på den medan han kisade mot något på bergssluttningen.

”Dom säger att hon har haft en liten propp.”

Jag blev alldeles kall. ”Vadå för propp?”

”En blodpropp. Nånstans i hjärnan.” Han ryckte på axlarna. ”Hon har ju alltid haft sitt höga blodtryck.”

”Kommer hon bli frisk igen?”

Han vispade undan stenen och reste sig. Krängde på sig ryggsäcken. ”Det blir hon säkert. Kom nu, vi måste ge oss av om vi ska hinna tillbaka innan mörkret faller.”

Vilket mörker? tänkte jag. Här blir ju aldrig mörkt så här års. I nästa stund förstod jag att det var hans sätt att avsluta samtalet. Fler frågor var ovälkomna.

Han såg sig om en sista gång och började gå längs stigen upp mot krönet. Jag ställde mig upp och vände mig om, blundade och tryckte pannan mot klippblocket vi lutat oss mot.

”Snälla Gud, gör så att mamma blir frisk igen och så att allting ordnar sig.”

När jag tittade upp såg jag att pappa hade stannat.

”Ja, finns det en Gud så håller han sig säkert här vid Trollsjön.” Han vände sig om och fortsatte gå. ”För det är då det enda stället där man skulle kunna tro att han faktiskt finns.”

VIKTORIA

Jag tänker på allt slarv.

Minutiöst sammanställda rapporter. Relationer som jag sjabblat bort. Lättnaden varje gång jag för in något nytt i kalendern.

Dessa otaliga resor. Som jagad av en låga har jag farit till spännande resmål men mest gått runt med näsan i kartan. Dit ska man gå och det bör man se, väl på plats har jag knappt hunnit titta. Bara bockat av i agendan. Machu Picchu nästa!

De där resorna var mer ett sätt att komma bort. Och att i efterhand kunna säga att jag varit där. En så berest och äventyrslysten människa måste väl ändå vara spännande.

Och jag tänker på allt jag valt att inte göra, när jag avstått inför risken att vara medelmåtta. Det måste finnas en chans att imponera, om inte har jag undvikit ens ett försök. Piskan är alltid redo att rappa om jag missar kravet på fulländning.

Och så denna förbannade mobiltelefon. Om det uppstått en lucka har jag svarat på mejl, kollat Facebook, lagt till ett ord i någon av mina pågående Wordfeud-matcher.

Så nu har jag hamnat hos Torbjörn. Jag går dit och betalar

för att hinna tänka en stund. Rafsa i lagret av otänkt och ta ut det på vädring. Ingen kan kalla det särdeles lustfyllt, en del gör rent av ganska ont, men i mitt fall hade det gått så långt att kroppen började larma.

Det är jobbigt att få syn på sig själv.

Så nu ligger jag här och tänker på allt slarv.

På allt slarv med tid.

Det är lördag morgon. Klockan är nio. Jag ligger kvar i min meningslösa dubbelsäng. En solkatt har letat sig in mellan gardinerna och jag glor på dess lek över den nya tapeten. Kollektion Mind & Soul. Min lägenhet är nyrenoverad. Jag köpte den förra sommaren, en tvåa på 71 kvadrat med utsikt över Tessinparken. Under hela hösten levde jag bland ouppackade flyttkartonger och möblerna stod där de hamnat vid flytten. Det fanns ingen tid när jag väl jobbat färdigt och till slut tog jag hjälp av en inredare. Vi kom överens om stilen – shabby chic blandat med råa material som metall och betong till de oljade golven.

Jag är nöjd med hennes jobb, även om jag inte riktigt har vant mig än. Det känns fortfarande lite som att bo hos någon annan.

Solkatten skälver till och försvinner. Jag ser mig om efter annan förströelse men går till slut upp och lagar frukost. Ingenting hastar. Tvärtom. Jag rör mig så sakta jag kan för många timmar ligger framför mig. Torbjörn har nämligen gett mig en hemuppgift. Den här helgen är jag förbjuden att arbeta. Jag får inte finslipa formuleringarna i rapporten som ska lämnas på måndag, inte heller förbereda mötet en extra gång. Allt ska förbli som det var i går när jag lämnade jobbet.

Märkligt nog känns det enklare än jag trodde. På eget bevåg har jag till och med ökat svårighetsgraden. Jag har renskrapat hela helgen från distraktioner, för ska något göras ska det göras ordentligt. I går kväll stängde jag av min mobiltelefon, fällde ner locket till datorn och drog ur sladden till tv:n. Jag har lämnat återbud till den sedvanliga söndagsbrunchen och ska hoppa över spinningpassen på gymmet både i dag och i morgon.

Jag ska klara Torbjörns uppgift med glans.

Det går ganska bra under förmiddagen. Något städförbud har jag inte satt upp så jag passar på att knäskura golven. Badrummet får sig också en dust. Därefter rensar jag mina garderober. Jag fyller flera kassar med kläder och ska just gå och googla på välgörenhetsbutiker när jag minns mitt datorförbud.

Framåt lunch kommer rastlösheten. Till en början i små attacker men efter hand blir de längre än pauserna. Jag får svårt att sitta still. Det har väntat en bok på nattduksbordet sedan i julas och jag lägger mig på soffan. Läser första sidan. Kudden bakom nacken känns knölig. Jag hämtar ett äpple och försöker igen. Minns inte riktigt vad jag läst och tar om det från början. Min avstängda Iphone ligger på bordet och blicken dras till den svarta skärmen. Vilka kan ha ringt? Vad händer på Facebook? Har jag fått något sms? Vid två är längtan så stark att jag har svårt att hålla mig. Det är som en klåda inombords. Jag känner mig avskuren, utesluten. Jag vill veta vad som händer, få vara med.

Obehaget växer och blir svårt att uthärda.

Jag förbannar Torbjörn och hans självgodhet och jävla hemuppgifter. Sättet han iakttar mig i jakt på blottor. Hans infernaliska frågor. Auktoriteten han besitter och överläget som aldrig kan utjämnas. Jag sitter där i hans rottingstol och fläker ut mina brister medan han förblir oantastlig. Jämn och blank på ytan, men vem vet vilka avgrundshål som göms i hans inre? Vad annat än egen undanstoppad skit kan ha väckt hans intresse för människosjälens mörkaste skrymslen? Var hans egna föräldrar så jävla perfekta?

Våra senaste samtal har kretsat kring mina. Efteråt ångrar jag en del av det sagda, jag känner mig som en svikare. Visst, jag har suttit i ändlösa samtal med vänner och ältat, återberättat händelser och fått medhåll och bekräftelse på mina föräldrars uselhet. Men att berätta för Torbjörn känns annorlunda. Trots det slutna rummet blir det en kungörelse. Ett konstaterande inför en fackman som registrerar allt i en journal. Det blir svart på vitt. Fastslaget. Kan aldrig förändras.

Jag reser mig och går ut i hallen. Tvekar kort men sedan drar jag på mig jackan. Sliter åt mig nycklar och handväska och även om den fortfarande är avstängd tänker jag inte gå hemifrån utan mobiltelefon. Om något skulle hända. Det är faktiskt en ren säkerhetsåtgärd.

Jag låser sjutillhållarlåset och ger mig iväg. Hälsar på en namnlös granne i trappan. Utanför porten lägger jag märke till väderomslaget, en skamsen sol tittar fram efter veckor av gråväder. Jag går på måfå genom Östermalm där restaurangernas uteserveringar är fullsatta. Svältfödda på ljus vänder sig ansikten mot majsolen i hopp om att få bort det vinterbleka. Jag hamnar i lördagsträngseln runt Stureplan. Följer strömmen in på Biblioteksgatan. Sveper med blicken i några skyltfönster men vill helst bara fortsätta gå. Det känns lite bättre nu, den värsta rastlösheten har stillat sig. En bekant skymtar förbi men jag vänder mig bort för att slippa mötas. Jag skyndar vidare mot Kungsträdgården, stannar en stund vid en dansuppvisning och tar vägen genom Riksdagsparken mot Gamla stan. På Västerlånggatan vimlar turister och lördagsflanörer, två unga tjejer sjunger stämsång och överröstas av en man med fiol lite längre fram. Jag väljer en gränd på min högra sida, vill bort från huvudstråket.

Det är när jag gått en bit som jag ser henne. Lite småhungrig har jag stannat utanför en restaurang och läser menyn när jag plötsligt får syn på mamma genom fönstret. Hon sitter ensam vid ett bord med ett glas vin. Scenen gör mig fullständigt förbluffad. Jag tar ett steg åt sidan så att hon inte ska se mig. Min mamma sitter ensam på en restaurang och dricker vin. Tanken är absurd. Hon som knappt törs gå på restaurang ens i sällskap. Som tycks be om ursäkt för slitaget på stolen och för att kocken ska få för mycket besvär.

Jag förstår ingenting.

Vem är hon egentligen, min mamma?

Jag skyndar mig bort. Tar vägen runt utkanten av Gamla stan medan tankarna mal. Jag önskar att det fanns någon jag kunde fråga, en väninna, en släkting, någon som känner henne. Som vet vem hon är. Det finns ingen. Bara pappa och honom har jag brutit kontakten med fast han inte vet om det. Om inte mamma har berättat förstås men varför skulle hon ha gjort det? Det gör ju ändå ingen skillnad. Vare sig för mig eller pappa. Hur bryter man kontakten med någon som för länge sedan bröt kontakten med mig?

Han sa förresten inget rakt ut han heller.

Jag går över Strömbron. Några fiskare står vid broräcket och jag dröjer mig kvar tills någon får napp. Fisken sprattlar och fjällen glittrar under den ofrivilliga färden i luften. Scenen får mig att minnas en gång när morfar, pappa och jag var och metade. Jag var kanske sex. Situationen var unik och jag vet fortfarande inte varför pappa var med. Kanske var det rent av för morfars skull. Han bodde med mormor på demenshemmet och behövde väl komma ifrån ibland. Vi hade två metspön som morfar agnat med feta maskar. Pappa höll sig lite i bakgrunden, kanske var han obekväm eftersom detta var morfars domäner.

Jag var uppfylld av stunden, blicken var klistrad vid det rödvita flötet på vattenytan. Så hände det jag väntade på och nästan samtidigt fick morfar napp. Han sa åt mig att göra ett hastigt ryck och i nästa stund dinglade min fisk över vattenytan. Jag blev både stolt och rädd. Höll krampaktigt i rottingspöt men ville för allt i världen inte röra vid fisken, men morfar hade fullt upp med sin.

”Ta den Krister!” ropade han. ”Hjälp henne!”

Jag minns förvåningen inför pappas tafatthet. Han som vanligtvis visste och kunde allt, åtminstone lät det så när han pratade. Den klara sexårsblicken uppfattade tydligt att inte heller han vågade röra vid mörten som ryckte på bryggan, och min egen motvilja släcktes omedelbart. Jag ville rädda pappa från nederlaget, genansen inför morfar. Med ett hårt grepp om den hala kroppen bände jag loss kroken medan jag betraktade blodet i den lilla fiskmunnen.

Morfar slängde en blick över axeln. ”Det är bara att kasta i den igen. Går inte att äta.”

Jag såg den ligga med buken upp strax under vattenytan innan den kvicknade till och försvann. Min hand var full av slem och jag försökte tvätta av mig det värsta. Morfar fäste nya maskar på krokarna men jag ville inte ha något mer napp. Lusten att fiska hade gått över. Aldrig mer ville jag vara den som överglänste pappa.

När jag blev äldre återkom ofta minnet av just den här händelsen. Det var första gången jag såg något hos pappa som satte ljus på ett större sammanhang. Med alla medel vill han dölja det, men pappa har alltid saknat en viss typ av kunskap. Den som i hans generation oftast gick mellan fäder och söner. Snickra, byta flottör i toalettsolen, laga en cykelpunktering.

Kroka av en fisk.

Pappa växte upp med farmor. Så vitt jag förstått har han aldrig träffat sin far. När eller varför farfar försvann är en av de gåtor som ryms i familjen. En gång frågade jag farmor. Jag kan inte ha varit särskilt gammal, om jag varit förståndigare hade jag låtit bli.

”Varför har jag ingen farfar?”

Det var första och sista gången jag rörde vid ämnet. Vi satt runt matbordet och som genom ett trollslag stannade allas rörelser. Liksom min far bar farmor sina åsikter utanpå och det var tydligt att jag gått långt över gränsen för det passande.

”Det enda du behöver veta om honom är att han åtminstone hade heder nog att betala ett rejält underhåll.”

Därefter åt vi igen, men under en ny sorts tystnad. Kort därefter reste sig pappa och gick.

Jag var ganska rädd för min farmor. Hon var mammas motsats, dominant och van att få som hon ville. Till och med pappa gav sig. Hon hade en klädbutik med exklusiva damkläder och var engagerad i olika konstsällskap och teaterföreningar. Aktiv in i det sista. Hon brukade ringa ett par gånger i veckan och gjorde ingen större hemlighet av att det var pappa hon sökte. Jag tror att de stod varandra väldigt nära. De pratade länge i telefon och ibland satt jag i rummet intill och tjuvlyssnade. Pappa lät annorlunda under de samtalen, glättig och lite konstlad, han till och med skrattade på ett främmande sätt. Ibland önskade jag att han skulle låta likadan när han var med mig och mamma.

Jag kände aldrig min farmor. Hon dog för några år sedan, och pappa var otröstlig under hennes begravning. Jag fann det lite märkligt. Att hans mamma fortfarande var så central och att vi som var kvar inte lindrade förlusten. Och jag minns att jag undrade om han skulle ha varit lika ledsen om det varit jag som legat i den där kistan.

Jag går hemåt. Känner med ens hur hungrig jag är. Vid Östermalmstorg tar jag tunnelbanan och köper en sallad på väg från stationen.

Rastlösheten väntar innanför porten och i hissen tar jag beslutet att helgens tv-förbud är upphävt. Jag hade satt ribban för högt.

Lägenheten luktar nyskurat trägolv. Jag förmodar att sådant är hemtrevligt. I köket slevar jag över salladen på en tallrik och sjunker ner i soffan i vardagsrummet. Sedan sjunker jag lite till. Och utan att förstå vad som sker börjar jag plötsligt gråta.

BODIL

Det är om nätterna som mörkret djupnar. Jag tappar höjd och sjunker. Till slut hamnar jag i ett läge där det blir luckor mellan tankarna. Ett virrvarr av motsägelser. Vissa skulle kanske kalla det rädsla. För mig liknar det mer en förvirrad sorg.

Det är så mycket jag aldrig ska få uppleva.

Jag hade hoppats att saker skulle falla på plats när slutet närmar sig. Så har det inte blivit för mig. Tvärtom känns det som om allt sprids ut och blir ännu mer oöverskådligt.

Själva döden är bara en del. Jag kan inte påstå att jag ser fram mot min undergång, men på något vis kan jag ändå acceptera den. Den hör till spelets regler och gäller för alla. Vad som leder oss dit är dock mera godtyckligt, och jag finner min dom tämligen orättvis.

Varför just jag?

I nästa stund undrar en annan röst – varför *inte* just jag?

Om natten drabbar mig sanningen om vad sjukdomen ska göra med mig. Läkarna besvarar mina frågor, men jag vet inte varför jag ställer dem. Det finns ju ändå inget jag kan göra.

Finns det någon Gud så undrar jag vad han gjorde medan

djävulen uppfann denna sjukdom. Den ska göra min kropp förlamad, min tunga stum, men förståndet kommer den lämna intakt. Hjärtmuskeln också, djävulen tyckte väl det var extra fiffigt. Ett hjärta kan klappa länge om man bara får andningshjälp.

Och det ska jag få.

Mitt liv har blivit en väntan. En bävan inför främmande händer.

Lagret av sömntabletter växer. Den dag jag blir fånge igen väljer jag hellre dödens ovisshet.

Jag har tagit med mig täcket till fönstret. Jag sitter ofta i nischen och inväntar gryningen. Nytt, oanvänt ljus och ännu en dag. Än finns det tid, även om jag har fått sluta med långa promenader. Mitt vänsterben lyder inte längre, det rycker och krampar i musklerna och plötsligt tappar det kraft. En gång föll jag, efter det går jag aldrig längre än till mataffären. Min dåliga hand vilar i en skena som fästs med kardborrband. Stelheten når redan till armbågen.

Det finns ingen hiss i huset. Jag undviker tanken på trapporna. Dagen då jag inte längre klarar dem. I början ska jag få vård i hemmet, men jag vill så innerligt gärna kunna fortsätta gå till restaurangen. Det är timmarna där som ger mig energi att ta mig ur sängen om morgnarna. Min vårdkontakt och dem jag möter på Karolinska bär min sjukdom i blicken. På restaurangen är jag bara Bodil. En vanlig levande bland levande.

Som råkar ha lite problem med sin vänsterhand.

I går hände följande. Jag kom dit vid fyra som vanligt. På bordet där jag brukar sitta stod en reserverat-skylt. Jag erkänner att jag blev besviken. Den där platsen har blivit min trygghet. Hur viktig förstod jag först då, när den plötsligt tagits ifrån mig.

Jag satte mig vid bordet intill och Damir kom för att tända stearinljuset.

”Jaha, vill du sitta här i dag?”

”Nej, men mitt vanliga bord är reserverat.”

Damir sprack upp i ett leende. ”Det är ju reserverat till dig. Numera räknar jag det som ditt mellan fyra och sex. Om du inte dyker upp tar jag bara bort skylten framåt halvsextiden.” Han vände sig om och drog ut min vanliga stol. ”Madame. Varsågod.”

Jag tog mig upp och gick runt bordet. Förunderligt varm om hjärtat. Damir sköt in stolen bakom mig som en riktig gentleman. ”Ett glas vitt som vanligt?”

”Ja tack, gärna.”

”Då ska vi se vad vi kan hitta.”

Jag fick mitt vin och började lösa korsordet jag tagit med mig. Kort därefter kom kvinnan med pappersbunten. Som vanligt stannade hon och hälsade, la till några artighetsord om vädret innan hon gick och satte sig. Damir serverade hennes vin. Pennan och den sedvanliga A4-traven kom fram och hon tog på sina läsglasögon.

Jag förstår det inte själv, men plötsligt tordes jag säga något. Kanske kom mitt mod från Damirs lilla gest med reserverat-skylten.

”Du, ursäkta?” Hon tittade upp över glasögonkanten. ”Stör jag dig?”

”Nej, nej inte alls.”

”Kan du komma på en synonym till ridderlig på tio bokstäver, andra bokstaven är d?”

”Får jag se?” Hon reste sig och kom fram till mitt bord, lutade sig över korsordet. ”Kan det vara ädelmodig? Nej, det har för få bokstäver.” Hon tänkte lite till. ”Får jag sätta mig?”

”Javisst.”

Hon hämtade sitt vinglas och slog sig ned vid min sida. Efter en stund var det jag själv som kom på det.

”Ädelsinnad!”

”Bra.”

”Men det här då? ’Sätter sina avtryck’?”

Den följande timmen löste vi korsordet tillsammans. Damir fyllde på våra vinglas och kom förbi då och då och hjälpte till med något ord. Serverade oss oliver. Det hela kändes riktigt gemytligt. Som om vi ofta löst korsord tillsammans. Först när vi var klara fick jag veta att hon hette Margareta, bodde på Prästgatan och var pensionerad sedan ett halvår. Två vuxna barn och tre barnbarn och skild sedan länge.

Hon spetsade en oliv och nickade mot min skena på vänsterarmen. ”Vad har du gjort i handleden?”

”Nej inget särskilt, jag är bara lite stel. Bor dina barn här i Stockholm?”

”Nej, tyvärr. Sonen och barnbarnen bor i USA och dottern i Göteborg. Det känns lite trist att vara så långt från barnbarnen, att inte kunna finnas i deras vardag. Nu när jag har blivit pensionär har jag ju all tid i världen. Du det här med din handled, jag har en jättebra naprapat som brukar behandla min onda nacke. Hon kanske kan hjälpa dig med det där, du kan få numret om du vill?”

”Visst.”

Hon började knappa på mobilen och skrev ner siffrorna i kanten av korsordet. ”Du då, har du barn?”

”En dotter på trettio, men inga barnbarn.”

”Det kanske kommer. Dom börjar ju så sent nu för tiden med att skaffa familj. Min son var trettiofem. Min dotter är trettiosju och hon har fortfarande inga och till råga på allt separerade hon från sin man för nåt år sen så nu börjar hon bli stressad på allvar. Hon vill gärna ha barn men har varit så fokuserad på karriären.” Hon tittade på sin mobiltelefon. ”Oj, är klockan redan sex? Jag som ska på teater i kväll.”

”Det låter trevligt. Vad ska du se?”

Hon vinkade åt Damir som hade fullt upp bakom bardisken. ”Det vet jag knappt, jag har ett sånt där abonnemang så biljetterna kommer automatiskt. Gillar du teater?”

”Ja, jo. Fast jag går inte så ofta.”

Hon reste sig och drog på sig kappan. ”Du kanske vill följa med nån gång? Jag får alltid två biljetter och ibland är det svårt att hitta nån som kan följa med.”

”Ja, gärna. Det vore väldigt roligt.”

Hon la några sedlar på bordet och reste sig. ”Tack för en trevlig stund. Kommer du i morgon?”

”Ja.”

”Då ses vi igen. Hej så länge.”

Jag satt kvar när hon gått. Bra mycket längre än jag brukar. Stördes inte ens av den stigande ljudnivån. Det var en sådan lättnad att äntligen ha pratat med någon. Och faktiskt hade det känts som om hon uppskattat samvaron nästan lika mycket som jag.

Någon skränar nere i gränden och väcker mig ur mina funderingar. Utanför fönstret börjar det äntligen ljusna. Jag lägger tillbaka täcket i sängen och brygger en kopp kaffe, tar med den till köksbordet där jag sorterat alla fotografier i pappas kartonger. De från barndomen har mamma satt in i album, men efter hennes blodpropp blev det aldrig någon ordning på bilderna. Inte för att det togs så många. De flesta har de fått av mig. Kristers och mitt bröllopsfoto, Viktoria som bebis, som tandlös sexåring, som konfirmand och student. Några är från mamma och pappas födelsedagar, firade i servicelägenheten på demensboendet.

Fotona av Viktoria har jag nålat upp på väggen. Egentligen vet jag inte varför. Det liknar mest en fakirövning – var jag än är kan jag känna nålsticken från hennes blick. Jag undrar om alla föräldrar bär på ett lika dåligt samvete. Grubblerier om sådant de gjort och sådant de inte gjorde. Kanske kan jag fråga Margareta? Jag tittar på bilden från Viktorias ettårsdag. Mina händer minns den lilla barnkroppen. Hur den kändes i famnen, hennes knubbiga ben runt mina höfter och varma små armar om halsen.

Så fort det gick. Så svindlande fort. Innan jag förstått det verkliga värdet var det över.

Det finns ett annat foto som jag tittat mycket på. Det är från en utgrävning utanför Lund. Bengt, Eva-Britt, Svante, Henke och jag står på rad med armarna om varandras axlar. En stensättning skymtar fram ur jorden och Henke gör V-tecknet bakom mitt huvud. Jag har arbetsbyxor med vadderade knän, gummistövlar och en jätteful tyghatt till skydd mot solen. Det var tidig vår 1981, samma vecka som jag tog min magisterexamen. Framtiden lyste som ett löfte. Mina kunskaper hade imponerat på professor Sven Rydin som gärna ville ha med mig i sitt grävprojekt på Gotland följande sommar. Erbjudandet var en ära. Enda skuggan var att skiljas från vännerna, men förr eller senare var vi ju färdigutbildade och de flesta av oss skulle lämna Lund.

Det betydde ju inte att vi skulle förlora kontakten.

Den kvällen gick hela gänget ut och firade. De hade skrivit en text till mig på melodin *Rudolf med röda mulen*. Jag minns bara titeln, *Bodil med skarpa skallen*, och så minns jag värmen jag kände över att de gjort det för mig.

Jag för bilden närmare och studerar Henkes ansikte. Han ler in i kameran, ögonen kisar mot solen och blåsten rufsar hans hår. Min bästa vän under åren i Lund. Att han egentligen ville något mer begrep jag aldrig. Hur skulle jag med min obefintliga erfarenhet kunnat göra det? Jag var 24 år och fortfarande oskuld. Tvetydiga blickar och antydningar gick mig förbi, det fanns ingen tanke på att en man skulle se något annat än jag själv alltid gjorde i spegelbilden. Visst hade jag märkt att han såg till att hamna bredvid mig under pubkvällarna och visst kom han ofta förbi när vi var ute på grävningar, men aldrig slogs jag av tanken att han kunde vara kär. Inte heller av att jag skulle kunna bli kär i honom. Han var ju så glad och förutsägbar. Stabil i humöret och fanns alltid där om jag behövde honom. Av någon anledning väckte det inte min attraktion. Tvärtom, jag kunde till och med reta mig på hans omtänksamhet. Den gjorde mig obekväm och honom löjlig eftersom han gav mig något jag aldrig begärt.

Nej, hans kärlek till mig förstod jag aldrig. Inte förrän kvällen då tillfälligheterna gaddat ihop sig för att knuffa mig åt ett annat håll.

Svante skulle få besök av en barndomsvän. Själva hade de tappat kontakten sedan länge, men deras mammor var väninnor och resan till Lund var arrangerad av dem. Barndomsvännen hade lidit av depression efter ett sprucket förhållande och behövde komma bort från Stockholm ett tag. Två veckor tyckte mammorna var lagom. Hela gänget lovade Svante att vara behjälpliga. Liksom jag hade Svante flytt till Lund i ett försök att frigöra sig, men hans mamma lät sig inte hindras, så gott som dagligen ringde hon till telefonen i studentkorridoren och varje vecka anlände nya paket med mat. Gänget delade paketen under glada kvällar, och vi skrattade gott åt instruktionerna om tillagningen. *Tänk på att formen blir varm när du värmt den i ugnen. Bränn dig inte!*

Jag fick klart för mig att fler än jag tyngdes av sina föräldrar. Bara skälen växlade.

Vi hade köpt biljetter till Lunds Studentteater. De spelade en pjäs av Dario Fo. Eftersom vi visste att den deprimerade barndomsvännen bar på skådespelardrömmar, vid sidan av konststudierna på Wiks folkhögskola, tyckte vi att en teaterkväll skulle passa fint. Strax före sex kom Henke, jag och de andra till Svantes studentrum för att hälsa och göra dem sällskap. Barndomsvännen befann sig på toaletten och Svante mimade att hans gäst verkade helt okej. Faktiskt riktigt trevlig. Så kom den omtalade ut. Först tycktes han bli nervös av den plötsliga trängseln i rummet, i nästa stund log han och gick runt och tog i hand.

"Krister. Krister. Krister."

Så många gånger har jag tänkt tillbaka på det där första mötet. Om jag kände något särskilt, om jag över huvud taget upplevde något utöver det vanliga. Jag kan inte minnas att jag gjorde det. Bara att jag visste att han mått dåligt och gärna ville hjälpa honom att må bättre.

Efter teatern gick vi på Smålands Nation. Jag hamnade mellan Krister och Henke. Några hämtade öl och vin och när vi skålat diskuterade vi pjäsen. Särskilt Krister hade mycket att säga, kanske fick han ta extra stor plats för att känna sig välkommen. Han höll en lång, kritisk utläggning om den manliga huvudrollen och därefter en om föreställningen i stort.

”Jag tyckte att den narrativa strukturen spolierade Darios försök att beskriva komiken och tragikens oupplösliga förening. Den var alldeles för rapsodisk och blev som en barriär mellan kontexten och publiken. Pjäsen är ju en betraktelse av en ständigt undflyende verklighet men här gick det ju helt förlorat.”

”Precis!” sa Henke och höjde sin öl. ”Jag kunde inte ha sagt det bättre själv.”

Vi som kände honom skrattade, väl förtrogna med hans åsikter om både teater och tillkrånglade analyser. Ett av hans partytrick var att imitera tv-programmet *Kulturen lever!*

”Det var ju det jag sa”, fortsatte han, ”vi skulle gått och sett Flykten från New York istället.”

Svante log. ”Du om nån kan behöva lite kulturell bildning.”

”Det får man väl på bio också. Där pratar ju åtminstone skådisarna som folk.”

”Det är du och Platon.” Krister la armarna i kors över bröstet. ”Han avskydde också teater.”

”Ja, där ser ni. Det är jag och dom gamla grekerna.”

Krister drack lite vin. ”Platon hävdade att konst som bara avbildar verkligheten är omoralisk eftersom den bara återger en avbild av en värld som i sig är en avbild av den sanna verkligheten. Han menade att det främsta målet i livet borde vara att tränga igenom tingens yta till den rena verklighetens nivå." Han vände sig mot Henke och la hakan i handen. "Men vari bottnar din antipati mot teater?"

Det var inte bara frågan i sig. Provokationen fanns även i sättet den ställdes. Jag tittade på Henke. Till min förvåning såg jag ilska i hans ansikte, han som aldrig tappade fattningen.

"Jag tycker bara att en fågel i handen är bättre än att gräva en grop när man måste gå över ån efter vatten. Med sitt tappade smör."

Någon fnissade men de flesta satt tysta. Krister höjde ögonbrynen i spelad förvåning. Ett uns av triumf. En laddad stämning sänkte sig över bordet. Henke sökte min blick men jag svarade inte. Jag fann hans svar onödigt tölpaktigt med tanke på Kristers depression. Han hade visat sig kunnig och uppenbarligen reflekterade han över sakers beskaffenhet. Arrogansen var ju bara rädsla, ett bevis för hur sårbar han var. Var det bara jag som kunde se hans känslighet?

Jag anade något svårtillgängligt hos Krister, och det lockade mig likt ett olöst matematiskt problem.

"Nähä!" Svante slog handflatorna mot låren. "Nån som vill ha nåt mer att dricka?"

Samtalet bröts upp i mindre grupper. Någon timme gick. Henke och jag resonerade runt några fynd från veckan, några skifferredskap och en eldskadad flintyxa där det fanns flera teorier om dateringen. Jag upptäckte att Krister hamnat utanför och vände mig ditåt.

"Jag hörde att du går på Wiks Folkhögskola."

"Ja. Eller …" Han sänkte blicken och började pilla på sin tumnagel. "… jag gjorde. Jag har missat rätt mycket den här terminen."

Jag tordes inte fråga något mer. Förstod att han syftade på depressionen. Det var svårt att veta hur jag skulle lägga orden, kanske ville han inte prata om den.

"Svante sa att du har jobbat som skådespelare."

"Ja, lite grann. Inget riktigt stort eller så. Inte än. Jag vet inte riktigt om det är teatern eller mitt måleri jag ska satsa på i framtiden. Just nu känns det som om allt hänger i luften."

Jag nickade. Förstod hur han kände.

"Men jag har kontakt med ett galleri som vill ställa ut mina tavlor i sommar så jag kanske satsar på det."

"Vad roligt, jag menar det måste väl vara ett bevis för att du är bra. Om ett galleri vill ställa ut. Eller är det inte så?"

"Jo. Så är det ju." Han suckade. "Men då gäller det att kunna leverera också." Han sträckte sig efter vinflaskan och bjöd åt mitt glas, jag skakade på huvudet och han hällde upp i sitt eget. "Men att måla en tavla är att ge bort en liten del av sin själ. Just nu känner jag mig inte så givmild."

Han såg uppriktigt sorgsen ut.

"Vad målar du för nåt? Jag menar, är det olja eller akvarell eller så?"

"Mest olja. En del tempera. Är du intresserad av konst?"

"Ja, men jag kan egentligen inget. Jag menar jag målar inte själv eller så."

"Arkeologi är väl också en slags konst. Är det inte?"

"Jo, kanske det. Eller hur menar du?"

"En arkeolog söker en värld som ligger dold för ögat. Så är det ju för en konstnär också. Att vilja återskapa nåt som egentligen bara finns i vår fantasi."

Jag tystnade. Jag var ovan vid hans sätt att tala, allvaret och djupsinnet. Något i mig stimulerades av utmaningen.

”Ja, det kanske du har rätt i.”

Vi log mot varandra.

Henke knackade på min axel. ”Jag går vidare till Lokalen nu. Hänger du med?”

Ofrivilligt kastade jag en blick mot Krister innan jag svarade. ”Kan vi inte vänta lite?”

”Nej, jag sticker nu.”

”Okej.” Jag makade plats så att han skulle komma förbi men han gjorde ingen ansats att gå.

”Det är Lolita Pop som spelar där i kväll, det vet du va?”

”Jo, men jag stannar här en stund.”

Han tvekade några sekunder innan han gick. Flera gjorde honom sällskap, bara Svante och Lena blev kvar i andra änden av bordet.

Krister följde dem som gick med blicken, lyfte sitt glas och såg på mig. ”Är ni ihop?”

”Henke och jag? Nej verkligen inte, vi är bara väldigt bra kompisar.”

Han tog en klunk. ”Du vet att han är kär i dig va?”

”Henke?” Jag skrattade. ”Nej, det är han inte. Vad har du fått det ifrån?”

Han lutade sig tillbaka och betraktade mig. ”Stackars jävel. Bli bästa kompis med kvinnan han älskar och sen inte våga säga nåt. Hur tydlig måste han vara för att du ska förstå? Det enda som saknas är ju en skylt.”

Jag log fortfarande, men tvivlet hade slagit in en kil. Alltför mycket fick en förklaring.

Krister ropade över bordet. ”Svante! Bodil tror inte på mig när jag säger att Henke är kär i henne.”

Svante blängde på honom innan han gav mig en hastig

blick. Inga ord behövdes, sanningen fanns i hans ansikte. Ljuga låg inte för Svante. Han tycktes inse att han avslöjat sig och hans axlar sjönk.

Först tänkte jag ingenting, beskedet gick rakt in i kroppen. Jag tyckte mig uppleva en förskjutning inombords när de nya bitarna trängde undan de gamla. Kort därpå kom känslan av att ha blivit lurad. Min närmaste vän och vapendragare hade dolt en stor hemlighet, till och med Svante visste, säkert hade jag sårat Henke många gånger genom tanklösa kommentarer. Han hade ju fått mig att känna mig trygg. Fått mig att våga blotta mig. Min sårbarhet, mina många skavanker, min sorgliga barndomsfamilj. Allt visste han. Han var den ende som verkligen kände mig.

Ändå hade han kunnat bli kär.

Den tanken väckte något obehagligt som bäst kunde liknas vid ett förakt.

Under dessa minuter genomgick vår relation en total förvandling. Jag förlorade min bästa vän. Han som en gång räddat mig ur ensamheten.

Jag sträckte mig efter mitt halvfulla vinglas. Tömde det och fyllde på mer. Svante tittade olyckligt på mig från andra änden av bordet. Ljudnivån hade blivit så hög att han fått ropa om han velat säga något, och förmodligen stod det klart att saken inte gick att ropas om. Strax därefter bröt han upp och försökte få Krister med sig. Lena skulle också gå. Krister sa att han ville stanna och bad Svante lägga nyckeln under dörrmattan. Olusten sken i Svantes ansikte när han motvilligt lämnade oss ensamma. Jag log mot honom, ville visa att allt var okej.

”Jaha”, sa Krister när de gått. ”Det var ju klumpigt av mig. Jag hade ingen aning om att det var så känsligt.”

”Det gör ingenting”, ljög jag. Inuti hade något vält.

”Jag känner mig bara så himla dum att jag sa så där.”

”Gör inte det. Det är ju inte ditt fel att Henke inte har sagt nåt själv. Det var ju bra att jag äntligen fick veta det.”

”Är du säker?”

”Ja.”

Han pustade ut. ”Tack. Nu känns det lite bättre.”

Jag kände berusningen komma. Två glas vin hörde till ovanligheten. Jag var inne på mitt tredje. ”Jag blev bara så förvånad. Tanken har faktiskt aldrig slagit mig.”

Han sänkte blicken och började pilla på sin nagel igen. ”Jag vet hur det känns. Fast för min del hände det motsatta.” Han tystnade och försvann inåt. Jag väntade, ville inte pressa honom.

”Förlåt”, sa han till slut. En förlägen blick studsade i min och återvände sedan till tummen. ”Jag har inte för vana att prata om det här. Jag har knappt gjort det förut men jag vet inte varför, det är nåt med dig som får mig att vilja berätta.”

Kanske var det startögonblicket. En våg av värme genom kroppen. Såsom jag anat något särskilt med honom hade han gjort detsamma med mig. Kanske min lojalitet, min förmåga att trösta. Jag minns att jag kände mig utvald, hedrad, att jag var den som skulle få hans förtroende.

”Anna hette hon. Eller ja, det heter hon väl fortfarande. Vi hade varit tillsammans i nästan två år, var till och med förlovade, skulle gift oss nån gång nästa år. Men så blev det inte.” Han drog med handen över ögonen och blev tyst en stund. ”I efterhand har jag anklagat mig själv för att jag inte märkte nånting, att jag hade varit så lättlurad.” Han suckade. ”Det visade sig att hon hade träffat den där andre under flera månader.”

”Fy, det måste ha känts hemskt.”

Han nickade. ”Det var som att falla ner i ett hål.”

”Det förstår jag verkligen.”

”Just att ha blivit så lurad. Jag tror inte att ett sånt sår kan läka, att jag nånsin kommer våga lita på en tjej igen. Inte helt och hållet.”

”Men alla är ju inte som hon.”

”Tillräckligt många.”

Någonstans tyckte jag nog att det han sa var orättvist. Att han dömde alla kvinnor för att en gjort fel. Samtidigt anade jag att argumentation var lönlös, hans sår var för djupt och uppfattningen redan grundmurad.

”Jag vet faktiskt inte hur jag ska gå vidare. Måleriet, det här att bli skådis, allt har liksom tappat sin tjusning.”

Plötsligt såg han så sorgsen ut att smärtan kändes i mig. Utan att tanken hann hindra mig la jag min hand över hans. Han tittade på den, lyfte blicken och då log jag honom rakt i ögonen. Han hade farit så oerhört illa. Jag kände hur viljan vaknade, behovet att göra allt jag kunde för att läka hans sår. Vara den som bevisade att det visst gick att lita på kvinnor. I alla fall på mig.

Han vände sin hand uppåt och våra handflator möttes. Beröringen kändes plötsligt intim och sände en ilning genom min kropp. Våra fingrar som försiktigt letade sig in mellan varandras. En lång stund satt vi så utan att säga något mer.

Ingenting var längre bråttom.

Vi två skulle ha all tid i världen.

Nästa morgon. Någon bankade på dörren och sa att jag hade telefon. Jag drog på mig morgonrocken och stapplade ut till hytten i ena änden av studentkorridoren. Krister hade följt mig till porten och där hade vi hånglat i timmar, klockan hade hunnit bli fyra innan jag kom i säng och somnade.

"Det är Bodil."

"Hej det är jag."

Henkes välbekanta röst. Plötsligt så främmande.

"Ja, hej."

"Fan vad du låter. Är du bakis eller?"

"Nej. Men trött. Vad är klockan?"

"Halv tio. Blev det sent eller?"

"Ja."

Det blev tyst en liten stund innan han fortsatte. "Jag tänkte sticka ut till grävningen och kolla dom där stolphålen. Ska du med?"

"Det är ju söndag."

"Vadå då, det har väl aldrig hindrat oss förr?"

Det där osset retade mig och jag lät snäsigare än jag haft för avsikt. "Jag kan inte i dag. Jag har annat för mig."

"Okej?"

Jag uppfattade frågan men tyckte mig inte ha någon redovisningsplikt inför honom. Jag begrep mig inte på min ilska, varifrån viljan kom att såra honom. Bestraffa honom. Allt han gjort var att bli kär i mig, och jag fann det så oförlåtligt, som om jag efter fem år av förtroenden kommit på honom med att aldrig ha lyssnat.

"Så hur fortsatte kvällen i går då? Hade du trevligt med herr dysterkvist?"

"Ja, väldigt. Vi ska ses i dag igen så jag har inte tid att prata längre. Hejdå."

De följande två veckorna var som ett rus. Intensiva och omtumlande. För första gången misskötte jag studierna, kom för sent på morgnarna och skyndade hem för att ta vara på varje sekund. Allt var omslutet av förälskelsens skimmer. Jag älskade för första gången. Vi behövde ingen sömn, kände ingen hunger, tid förflöt men fick vi vara tillsammans märktes den inte. Åtskilda var den outhärdlig. Gränsen mellan oss utplånades och jag förstod att jag funnit det jag alltid saknat. Lager på lager öppnade sig. Vi smälte samman och jag lät mig försvinna in i mannen jag älskade. Allt annat blev underordnat. Äntligen fick jag uppleva kärlekens mysterium. Att älska och älskas, att vilja utforska en annan människas innersta gömmor där ingen detalj var för oansenlig. Drunkna i någon annans ögon och förvissas om att lyckan var delad.

Vi stod på perrongen. Hans tåg skulle gå. Ingen kyss ville bli den sista. Vi stod tätt intill varandra och han höll mitt ansikte i sina händer. Vi lovade att skriva brev och ringa varje kväll klockan åtta. Ändå var avskedet outhärdligt, som att mista en del av sig själv.

Minutvisaren på perrongen hoppade ännu ett hack. Han kysste min näsa, mina ögonlock, strök med fingret längs mina läppar.

”Min älskade, älskade Bodil. Det är en sak jag skulle vilja be dig om.”

”Du kan be mig om vad som helst.”

En konduktör blåste i en visselpipa.

”Jag är så rädd att förlora dig.”

”Du kommer aldrig att förlora mig. Jag gör vad du vill.”

Han drog ett andetag. ”Jag vill att du slutar umgås med

Henke. Kan du göra det för mig, Bodil? Det skulle betyda så mycket för mig."

"Du vet att det är dig jag älskar."

"Men ändå. Jag vet hur det blir när killar och tjejer umgås, hur lätt det ena leder till det andra. Jag orkar inte leva med den oron."

"Jag kommer aldrig att svika dig, Krister."

Han släppte mig och tog ett steg bakåt. "Så sa Anna också."

"Men jag måste ju träffa honom på föreläsningar och när vi är ute på grävningar. Och på kvällarna ibland när jag träffar dom andra i gänget."

Han klev uppför trappsteget och blev stående i den öppna tågdörren. Hans ansiktsuttryck tog andan ur mig. Besvikelsen jag förorsakat. En konduktör kom för att stänga tågdörren och desperationen brände i bröstet.

"Jag lovar, Krister. Jag ska fråga om jag kan få byta grävarlag. Jag ska inte träffa honom mer."

"Vänta!" Krister hejdade konduktören. Med ett enda kliv var han tillbaka på perrongen och drog mig intill sig igen. "Jag älskar dig Bodil. Mer än jag nånsin älskat nån förut. Jag gör vad som helst för dig, precis vad som helst."

"Jag stänger här nu." Konduktören drog till sig dörren.

En sista kyss och sedan var jag ensam. Från varsin sida tryckte vi händerna mot tågdörrens kalla glas. Med ett gnisslande oljud kom tåget i rullning och skriket lät som jag själv ville låta.

Krister sprang längre bak i vagnen och drog ner ett fönster. "Lova att aldrig lämna mig Bodil!"

Jag sprang några steg bredvid tåget. "Jag lovar! Jag lovar Krister! Jag kommer aldrig att lämna dig!"

Jag stod kvar tills sista vagnen försvann bort i fjärran.
Mina första löften till Krister.
Med åren skulle det bli fler.

ANDREAS

Bäcksländor. Kortsvansade myrkottar. Hornkoraller. Vikvalar och sillgrisslor.

Likt många andra barn var jag fascinerad av djur. Jag satt som klistrad framför tv:ns naturprogram och insöp kunskap om olika arters specifika egenskaper och gemensamma grunddrag. Deras försvarsmekanismer, parningsritualer, deras revir- och flockbeteende. Artens uppgift i det ekologiska systemet.

Men om arten människa minns jag mig inte ha sett ett enda program.

Sexton års skolgång gjorde mig knappast klokare. Visst fick jag veta det grundläggande, lite om kroppens konstruktion och vissa organ, men kunskap om människans innersta natur har jag aldrig fått. Ändå har jag lyckats hålla mig vid liv. I snart fyrtio år har jag tydligen gjort det som krävts, trots att jag vet mer om min bils funktioner än om mina egna. Hur är det möjligt? Enda rimliga förklaringen är att min organism måste ha en medfödd kunskap om sin överlevnad. Så länge jag tog det för givet fungerade tillvaron, men tyvärr har den möjligheten berövats mig. Allt har kastats upp i luften och kaoset kräver att jag granskar bitarna, men ingen tycks längre passa ihop med någon annan.

Livet har blivit obegripligt.

Jag är inte ämnad att leva så här, så mycket vet jag, men jag har ingen aning om hur jag borde leva istället. Därför söker jag svar. Nej. Jag *kräver* svar. Sökandet har blivit det enda som återstår. Om jag bara förstår kanske jag hittar en mening.

Nätterna när familjen sover. Dagarna när huset är tomt. Jag lever mitt liv framför datorn, svävar längs vindlande vägar och klickar mig fram till nya begrepp och sammanhang som ständigt för mig vidare.

Jag vill förstå. Hitta en ledtråd som förklarar hans handling. Inte nödvändigtvis ursäktar den, men något som gör den mindre ondskefull. Jag behöver förstå varför han tog sig rätten.

Medan jag väntar på att Åsa ska somna försöker jag frammana bilden av honom som värnlös nyfödd, hans första steg, en mörkrädd femåring. När han lärde sig cykla, första gången han såg ett flygplan, hur han spänd av förväntan började skolan. Nervositeten när han ung och fumlig upplevde sin första förälskelse. Gemensamma stadier som vi båda passerat, och som gör oss båda till människor.

Men ingenting hjälper – så snart jag blundar fräter hans blick innanför mina ögonlock.

Han är och förblir en best.

Ändå bär vi samma genetiska arv. Med ett DNA-test kan man följa våra mitokondriers väg tills linjerna möts i samma urmoder. Båda härstammar vi från en liten samling förfäder som en gång vandrade ut från den afrikanska kontinenten.

Tanken svindlar.

Jag läser om Sanfolket i södra Afrika. Grupper om trettio, fyrtio personer. Barn, vuxna och gamlingar. Alla i ömsesidigt beroende och med sin självklara plats i gruppen. Det råder sträng jämlikhet och ingen tillåts vara förmer än någon annan. Äran efter en framgångsrik jakt delas mellan jägaren och pilmakaren. Det finns inga statusroller, ingen tävlan, inga hövdingar. Samarbetsviljan är stark och en förutsättning för allas överlevnad. Ingen äger mer än vad som kan bäras med till nästa boplats. Invecklade seder och oskrivna lagar kräver hög intelligens och social skicklighet, det pågår ett ständigt samtal för att motverka stora konflikter. Våld hör till ovanligheten. Ingen äger marken och man hjälper ofta närboende grupper. Det värsta man kan beskyllas för är arrogans eller snålhet. Allt delas lika. Alla hjälps åt. Tre, fyra timmars arbete räcker för att samla ihop dagens mat. Resten av tiden ägnas åt samtal och lättjefullt umgänge.

Så ser grunden ut för mänsklig samvaro. I hundratusentals år var det så vi levde. Den tillvaron har format mig och evolutionen går långsamt – varenda cell i min kropp är programmerad för att leva som mina afrikanska förfäder gjorde.

Det gör jag inte.

Och inte han med ögonen heller.

Häromdagen var jag nära att bli avslöjad. Jag har fått svårt att somna i soffan när jag skjutsat barnen till skolan, i torsdags gav jag upp men dåsade till framför datorn i arbetsrummet. Familjens röster väckte mig. Jag borde varit på jobbet, täcket låg kvar framför tv:n och jag hann precis städa undan innan vi till Åsas förvåning möttes i vardagsrummet.

”Är du redan hemma?”

”Ja. Jag gick hem lite tidigare.”

”Var är bilen då?”

Den stod som vanligt parkerad vid Saltsjö-Duvnäs station. Lögnen undslapp mig en aning för sent. ”Jag fick skjuts av en kund. Han släppte av mig på Värmdövägen så jag var på väg och hämta den nu, jag kom precis hem.”

Åsa kastade en blick mot tv:n. ”Kollar du på barnprogram?”

”Nej, jag slog just på. Jag tänkte bara kolla en grej på text-tv.”

Därefter försvann hon mot köket. Jag tyckte mig se ett främmande ansiktsuttryck, men kanske var det inbillning. Hon har förändrats på sistone, beter sig underligt. Ibland kommer jag på henne med att iaktta mig, men när jag ser efter vänder hon bort ansiktet.

Snabbt, som för att undgå upptäckt.

Helgerna ställer till med problem. Till en början beroende på mina vaknätter, familjens närvaro hindrade mig att ta igen förlorad sömn under förmiddagen. Det behövs inte längre. Jag har läst att hjärnan behöver sömn för återhämtning, men det stämmer inte. Jag sover max en timme per dygn och har aldrig känt mig så alert. Tankarna associerar fritt och jag får hela tiden nya infallsvinklar. Idéer passerar med ljusets hastighet och jag fångar dem i en liten anteckningsbok som jag alltid bär med mig i fickan.

Mina sinnen har skärpts. Det förvånande är att ingen annan tycks se.

Nej, problemet med helgerna är bristen på avskildhet. Jag vill vara i fred vid datorn, men istället fylls dagarna av familjeplikter. Fredagsmys, trädgårdsskötsel, ungarnas handbolls- och fotbollsmatcher. Dem lyckades jag undvika länge genom att skylla på hotellprojektet, men de senaste helgerna har jag tvingats följa med. Williams utomhusmatcher fungerar någorlunda, det är gott om plats längs långsidorna. Majas handbollsmatcher kräver ett par whisky och följaktligen starka tuggummin. Inträngd på läktaren, folk som skriker, det skarpa ljudet av handbollsskor mot det gröna golvet. Nästa lördag är Åsa och jag ansvariga för kafeterian i sporthallen. Vi får se hur det går. Från i stort sett allt kan man köpa sig fri. Utom från sjukdom och plikten att engagera sig i barnens fritidsaktiviteter.

Samt från att ha sex med sin fru.

Det var för någon månad sedan. Jag stod och borstade tänderna. Vi hade haft fredagsmys och sett familjefilm men vid det laget sov barnen sedan länge. Nu återstod bara Åsa, sedan skulle jag återfå nattens frihet på nätet.

Hon kom och ställde sig bakom mig, stack in sina armar under mina och drog mig intill sig.

”Du?”

Med munnen full av tandkrämslödder var jag förhindrad att svara. Jag blev förvånansvärt spänd av hennes beröring.

”Hur är det egentligen?”

Jag sköljde munnen och ställde ifrån mig tandborsten. Försökte övervinna driften att skaka mig fri.

”Jo det är bra.” Minuten tidigare hade det varit sant, nu fann jag mig snärjd av både frågan och hennes närgångna händer. Jag gick till handdukshängaren och torkade munnen, drog på mig morgonrocken och fortsatte mot dörren. ”Jag är lite trött. Det har varit mycket på jobbet i veckan. Ska vi gå och lägga oss?”

Hon nickade. Min puls hade stigit. På väg mot sovrummet

följdes jag av både min pilska fru och det förpliktigande samtal jag visste väntade. Fram tills dess hade tanken inte ens slagit mig och därför var jag helt oförberedd. Jag hade inga färdiga argument som förklarade mitt faktiskt rent ut sagt genuina ointresse. Sedan det hände har jag inte ens onanerat i duschen. Den kroppsdel som sedan tidiga tonår upptagit så mycket plats i mitt medvetande, har förvandlats till ett bihang som tömmer min kropp på piss.

Ingenting annat.

Min forna lust har jag inte ens saknat.

I sovrummet släckte jag sänglampan innan jag la mig ner. Som väntat lät Åsa sin vara tänd. Hon la sig på sidan med huvudet i handen och med den andra strök hon längs min arm.

”Vi har börjat slarva”, sa hon.

”Vadå menar du?”

”Du vet vad jag menar.”

Och det visste jag, men att hon envisades med samtalet utan min medverkan fick mig att knyta nävarna i hemlighet.

”Du har verkat så distanserad på sistone. Vi pratar knappt längre. Jag vill bara veta om det är nåt som har hänt.”

”Nej. Det är bara mycket på jobbet men det har jag ju redan förklarat tusen gånger. Man kanske inte orkar vara på topp riktigt hela tiden.”

”Måste du bli sur?” Hon drog till sig sin hand. ”Jag frågar för att jag är orolig. Sen det där hände på Ica Maxi har du blivit så annorlunda.”

”Det har jag väl inte. Jag tycker det är du som beter dig konstigt.”

”Jag? På vilket sätt då?”

Jag tänkte efter. Dels är det sättet hon tittar på mig, men

hur förklarar man det? Sedan är det annat jag har börjat reta mig på, som att hon lämnar sin halvt urdruckna kaffekopp i hallen om morgnarna och ibland hänger över min axel när jag sitter vid datorn. Jag har ritprogrammet igång bakom Firefox och när hon kommer in i rummet är jag snabb att byta. Då ställer hon frågor om detaljer i ritningen. Samtalet blir snart absurt eftersom jag inte längre delar intresset. Jag svarar kortfattat, vill att hon ska gå. Vill inte ha henne där som bevakare av mina tankars förlopp, spionerande på min nya kunskap.

”Kan vi inte bara sova nu? Jag är jättetrött.”

Jag blundade och hennes hand kom tillbaka. Nu strök hon med fingret längs min panna. ”Minns du efter spädbarnsåren? Då när vi varit trötta så länge att vi tappade bort både varann och lusten. Minns du det?”

Jag sa ingenting.

”Till slut bestämde vi oss för att älska på fredagskvällarna även om vi inte ens hade lust. Vi sa att det fick bli som det blev, bara vi åtminstone älskade med varann en stund. Det blev vägen tillbaka, eller hur?”

”Som sagt Åsa, jag är så förbannat trött. Jag tycker det är märkligt att du inte kan respektera det. Vi får prata om det här nån annan gång.”

Sedan vände jag henne ryggen.

Den natten tog det flera timmar innan hon äntligen somnade.

Timmar jag hade kunnat ägna åt annat.

I dag är det lördag och i kväll har vi gäster. Det var knappast på mitt initiativ. Åsa har tjatat och mina alltmer långsökta undanflykter har tagit slut. Vi har varken bjudit hem eller varit borta på middag sedan dagen det hände. De enda jag träffar är familjen. De andra tycks se fram emot kvällen, det är Marcus och Jenny som kommer, deras barn och våra är jämnåriga. Jenny är copywriter och Åsas arbetskamrat. Marcus är varumärkeskonsult. Vad det betyder har jag aldrig riktigt begripit.

Jag förmodar att de båda kan ses som trevliga. Själv vill jag helst ställa in. För att dölja min motvilja har jag hållit mig undan, dammsugit huset och lyckats få barnen att röja i sina rum. Åsa har handlat och från köket hörs ljud som tyder på att hon börjat förbereda middagen. Ur det inbyggda ljudsystemet skvalar musik från någon radiokanal. Hon kallar det research, hon lyssnar uppmärksamt när reklaminslagen stör med jämna mellanrum. Kommenterar ofta vilka som är bra och dåliga. Som om någon mer än en projektledare på en reklambyrå skulle bry sig.

Det slår mig att jag inte vet vilken mat som ska lagas. Vad jag minns är det första gången det hänt. Vi brukar alltid planera våra bjudningar ihop, laga maten tillsammans, utnyttja samvaron i köket till samtal och sippa på var sitt glas vin. I dag vet jag inte ens om vi har något hemma.

Ett vemod kommer över mig när jag minns hur det brukade vara. Samtidigt drabbar mig en kolossal trötthet som tvingar mig stanna upp och ta stöd mot väggen. Jag blir alldeles yr. En stund blir jag stående och blundar. Genast är ögonen där och jag ruskar på mig och fortsätter in i köket. Åsa hackar grönsaker och tittar hastigt upp från skärbrädan.

Jag går fram och ställer mig bredvid henne. ”Jag kan göra det där om du vill.”

”Det behövs inte, jag fixar det här. Du kan gå och duscha så länge.”

”Nej, det är okej.”

Hon tittar på mig lite längre den här gången. Möter min blick helt kort innan hon låter den fara utmed min kropp. ”Fast ska du inte ta och duscha innan dom kommer? Och byta kläder. Du har ju haft dom där i mer än en vecka nu.”

Kommentaren får mig att ilskna till. Tillrättavisad. Anklagad. Kanske till och med avslöjad. Den nyväckta viljan till närmande slocknar tvärt och irritationen ger mig kraften tillbaka. Tröttheten känns inte mer. Vill hon laga mat utan mig kan hon göra det, jag har viktigare saker att ägna mig åt än hennes förbannade middagsgäster. Som till exempel att forska om människans moralsystem. Det var det jag höll på med sist jag blev avbruten. Jag lämnar köket för arbetsrummet och stänger dörren. Sätter mig tillrätta och läser den senaste raden i min anteckningsbok.

MÄNNISKAN – NEDÄRVD MORALKOD????? SÖK!

Tanken har slagit mig att det måste finnas en gemensam nämnare. Hur kommer det sig annars att vi alla förmår identifiera en hjälte? I biosalongen närs en kollektiv önskan om vem som ska vinna och vem som ska straffas i filmens slut. Jag finner det märkligt. Hur kan begrepp som rättvisa, självuppoffring och moraliskt patos locka vår beundran när vi samtidigt bygger en värld som tycks vila på den totala motsatsen? Varför vill jag identifiera mig med den gode och osjälviske, när verkligheten lär mig att det är egoisten som lättast tar sig till toppen. Kan hjälteidealet vara medfött? Ett spår i hjärnan som evolutionen av någon anledning valt att gynna.

Jag söker vidare.

Viljan att tillhöra gruppen har selekterats fram under evolu-

tionens gång. Vi har även en medfödd vilja för rättvisa. Det har lönat sig att vara hjälpsam. Vårt belöningssystem har modifierats så att altruistiskt beteende ger samma typ av lyckostöt som droger kan göra. Det har främjat mänsklighetens överlevnad. Vi är skapta för ett stillsamt liv tillsammans med en jämlik grupp där vi känner självklar tillhörighet. Fundamentalt för mänsklighetens eventuella framtid är problemen med vår nya livsstil. Jordens nuvarande befolkning kan inte återgå till ett samlar- och jägarliv, men den nya kunskapen om vårt ursprung kan hjälpa oss att klara den enorma omställning som skett från det liv vi är skapta för. Frågan är inte varför många lider av depressioner och somatiska sjukdomar, utan hur vi …

Dörren öppnas och jag klickar fram mitt ritprogram. Strecken är lika svårtydda som en obegriplig rebus.

Åsa blir stående i dörren. ”Skulle inte du gå och duscha?”

”Nej.”

Jag har ryggen till men hör att hon suckar. ”Allvarligt talat Andreas. Det känns inte kul att behöva säga det här men du luktar faktiskt. Om inte för din egen skull så kan du väl åtminstone göra det för min?”

Hon stänger dörren en aning för hårt. Jag öppnar Firefox och googlar ordet solidaritet. Ett ord mina föräldrar ofta använde men som man sällan hör numera. Jag får 593 000 träffar. Jag byter till konkurrens och det ger 9 470 000 träffar. Jag skriver siffrorna i min anteckningsbok, rensar sökhistoriken och går sedan lydigt mot badrummet.

Kärringjävel.

Jag duschar länge. Alldeles för länge om man betänker att våra gäster borde ha kommit nu. Efteråt snor jag in mig i handduken och framför spegeln drar jag fingrarna över mitt orakade ansikte. Skägget har som vanligt vuxit glest och fläckvis. Två spridda och en i klunga som Åsa så skämtsamt brukar säga. Eller snarare *brukade* säga. På sistone är hon alltid så sur.

Barnen har försvunnit upp på övervåningen och de vuxna dricker champagne på altanen när jag ren och rakad kliver in i sällskapet. Välkomstdrink pågår. En skål med jordgubbar står på bordet. Säsongens första, åtminstone här i huset och det är allt jag vet. Jenny har ärmlös klänning och hennes hud har knottrats i den svala junikvällen. Marcus bär kostym. Så uppklätt fånigt. Med utsträckt hand kliver han närmare.

”Tjena Andreas, kul att se dig.” Vi skakar hand och kanske får jag till ett leende. ”Vad smal du har blivit”, fortsätter han. ”Du ser ju riktigt deffad ut. Kör du dubbla träningspass på gymmet eller?”

Jag nickar och går fram till Jenny. Hon vänder upp ansiktet för att kindpussas och jag vet som vanligt inte om jag ska börja från höger eller vänster eller hur många gånger som gäller. Vem fan vill pussa någon man knappt känner? Inte jag i alla fall, otyget smög sig på för ett tiotal år sedan och det var inte på mitt initiativ. Verkligen inte.

Hela tiden känner jag Åsas blick. Min nya övervakare.

En så kallad pinsam tystnad uppstår. Min ankomst har tydligen avbrutit mumlet jag anade inifrån vardagsrummet. Åsa ger mig ett glas champagne. Jag tar en jordgubbe och snärtar iväg det gröna över gräsmattan.

”Skål då och välkomna.” Åsa höjer sitt glas och vi andra följer hennes rörelse. Hennes leende ser ansträngt ut och hon har röda fläckar på halsen. Hon tömmer halva glaset i första klunken.

”Vill ni hellre gå in? Det är lite kallt.”

”Nej, det är så fint här ute i allt det gröna. För oss som bor i stan gäller det att passa på när man kan vara utomhus.”

”Men ni har ju å andra sidan tillgång till alla mysiga uteserveringar.”

”Jo visst, men när ska man ha tid att sitta på dom?”

”Nej det är sant.”

En ny paus.

”Tänk vad skönt det skulle vara om värmen äntligen kunde komma snart.”

”Ja, eller hur.” Jenny nickar. ”Jag tittade på väderleksrapporten i går och dom sa att den kommer framåt nästa helg.”

”Oj så härligt.”

Jag lyssnar förstrött men tappar snart intresset. Jag tänker på annat när Marcus tar ett steg åt mitt håll och börjar konversera.

”Hur går det då? Mycket jobb nuförtiden?”

”Det blir väl en del. Själv då?”

”Jo för fan, jag har fått snurr på byrån nu så det droppar in nya uppdrag hela tiden. Jag startade ju eget förra sommaren och sen i vintras har det lossnat på riktigt.”

Åsa kommer med champagneflaskan. ”Andreas du kanske kan fylla på allas glas? Jag har en del att fixa med maten.”

Jag uppfattar gliringen och gör som hon säger. Börjar med Jennys där bubblorna skummar upp och rinner över. Med pincettgrepp sträcker hon ut glaset framför sig som om dropparna frätte. Jag fortsätter med Marcus och lyckas bättre.

”Det här med varumärkeskonsult?” frågar jag under tiden.

”Jag har inte riktigt förstått vad det är du gör.”

”Å herregud”, himlar Jenny. ”Hur många timmar orkar du lyssna? Jag går in och hjälper Åsa så länge.” Hon trippar iväg på sina höga klackar.

Marcus lägger sig till med en generad min som bara avslöjar hans självgodhet. Han sänker rösten och blir förtrolig.

”Det har blivit lite mycket jobb i vår som du märkte. Annat har fått stryka på foten så det blir lite surt på hemmafronten. Ja, du vet hur det är.”

”Nej, hur menar du?”

Marcus glas stannar vid munnen medan han undersöker om jag skämtat. Hans leende skälver osäkert. Med blicken i hans låter jag några sekunder passera innan jag kommer till undsättning.

”Så vad är det du sysslar med som varumärkeskonsult?”

Hans lättnad är uppenbar. Kroppen ändrar ställning och jag förvandlas till en kund som ska övertygas om hans unika tjänster. Han ställer ifrån sig glaset. Händerna börjar gestikulera redan under inledningsfrasen.

”Man kan säga att det finns ett enda mål med mitt arbete. Att hjälpa uppdragsgivaren att öka sin lönsamhet. Jag kallas in när ett företag eller en organisation har identitetsproblem och behöver en strategi för att skapa förtroende för sitt varumärke. Mitt jobb är att se till att produkten …”

Jag betraktar en liten fläck på hans överläpp. Den rör sig när han pratar och efter en stund ser jag att det är ett födelsemärke. Jag låter hans röst tona bort och lyssnar istället till koltrastens jubel i junikvällen. Min blick glider över hans axel och vidare ut i trädgården. Skymningen skapar långa skuggor. Med jämna mellanrum nås jag av den mättade doften av kaprifol. Försommargrönskan sprakar i oändliga nyanser. Ögat uppfattar skiftningarna men kan aldrig räkna dem.

"... och vi har arbetat upp ett väldigt bra samarbete med beteendevetare och hjärnforskare som hjälper oss att mäta responsen hos konsumenterna. Med PET-scanning kan man se exakt vilka områden i hjärnan som triggas när försökspersonerna reagerar på en produkt eller en ny förpackning. Ibland mäter vi även hjärtfrekvensen för att ..."

"Vet du vad som är historiens viktigaste uppfinning?"

Han tystnar tvärt och ser lite snopen ut. Sedan rycker han på axlarna. "Hjulet kanske?"

"Nej." Jag tömmer det sista i mitt glas. "Det är väskan."

Marcus kastar huvudet bakåt och skrattar. "Är det Jenny som har slagit i dig det? Hennes senaste från Louis Vuitton gick på åtta tusen spänn."

Jag ställer mitt tomma glas bredvid hans på bordet. "När människan uppfann väskan gick det att bära hem mer mat att dela med gruppen. Det var samarbetet som gjorde oss till människor."

Jag ursäktar mig och går in. Åsas och Jennys röster hörs från köket men jag väljer att gå upp till barnen. Redan i trappan hör jag riffen från "Rock you like a hurricane". Jag blir kvar i dörren och ingen tar notis om mig. Maja och William står på golvet med varsin leksaksgitarr. De gästande barnen agerar publik. Guitar Hero pågår. På tv:n spelar animerade figurer bakom en oändlig gitarrhals. Färgade lampor visar när de kulörta knapparna ska tryckas ner på barnens plastgitarrer. Det hela är obegripligt. Om de lagt ner samma tid på att lära sig spela på riktigt skulle de hunnit bli virtuoser. Maja har flest poäng och innan låten är slut ger William upp i sitt underläge.

Jag går ut på balkongen. Champagnen har gjort mina tankar banala. Benen är trötta och jag slår mig ner i en av vilstolarna.

”Andreas!”

Bortom vattnet är det någon som ropar. Rösten tränger in och jag fylls av förtröstan när jag inser att det är Åsa. Hon väntar på mig och jag vill gå till henne, om jag bara kan ta mig igenom vattnet kommer allt att ordna sig. I nästa stund landar en hand på min axel. Jag öppnar ögonen och inser att Åsa redan har kommit till mig, men i hennes ansikte finner jag bara irritation.

”Sitter du och sover?” väser hon fram. ”Det är rätt pinsamt att stå därnere ensam i köket med våra gäster. Du skulle inte kunna tänka dig att hjälpa till en aning? Du kanske åtminstone kan göra oss sällskap?”

Hon vänder och går och först nu lägger jag märke till hennes klänning. Förmodligen ny, för så vitt jag kan minnas har jag aldrig sett den förut. Jag hör hennes klackar smattra i trappan och reser mig för att följa efter. Det är då jag tycker mig höra den. Jag stannar upp och lyssnar, upplever hur luften tätnar omkring mig, den sticker mot kroppen där huden är bar. Min uppmärksamhet dras mot värmepumpen. Det är från fläkten den kommer, först som ett brus men sedan kan jag urskilja stavelser. Jag går närmare och uppfattar plötsligt hur fläkten viskar mitt namn. Två gånger hör jag det tydligt, sedan står jag en lång stund med örat mot plåten men fångar bara det svaga suset inifrån trumman. Förundrad lämnar jag balkongen. Ingen rädsla drabbar mig, jag ser förnimmelsen som ett tecken. Jag är på rätt väg. Jag omges av mina förfäders minnen och de uppmuntrar mitt sökande efter den förlorade sanningen. Rösten anförtror mig uppgiften.

Med förnyad kraft går jag ner för trappan. Vid matsalsbordet äts det förrätt och ingen kommenterar min sena ankomst. Åsa undviker min blick och jag slår mig ner på den lediga stolen mittemot henne. Någon har fyllt mitt glas med rödvin. Jag skjuter det åt sidan. Vinet fördunklar mina tankebanor.

Barnen är samlade vid ena bordsänden och låter sig inte störas av den tryckta stämning som tycks råda i vuxenlägret. Åsas fläckar på halsen har antagit en djupröd ton, hennes händer skakar när hon håller besticken. Det bekommer mig inte. Den här middagen var hennes idé, min åsikt negligerades. På balkongen nyss fick jag bevis för att själva skapelsen står bakom mig. Den har valt mig som sin förkämpe. Människan må vara glömsk, men naturen lägger allt på minnet.

”Så vad ska ni göra på semestern då?” Det är Marcus som undrar. Eller möjligen vill han bara få slut på tystnaden.

Åsa baddar med servetten runt munnen. ”Vi har inte riktigt bestämt. Ungarna åker ner till Andreas föräldrar i Spanien i slutet av juni. Dom flyttade ner efter pensionen och barnen tycker det är jättekul att vara där nere. Visst tycker ni?”

Maja och William instämmer och börjar livligt beskriva vistelsen för sina jämnåriga gäster.

”Andreas och jag åker ner några veckor senare, men sen vet vi inte riktigt.”

För första gången ser hon på mig. Blicken studsar i min för att sedan sänkas mot tallriken.

Marcus tar vid. Ombedd redogör han för deras egna

semesterplaner och jag slutar lyssna, fångar bara enstaka ord och associerar fritt tills de bildar mer tänkvärda sammanhang. Nu pratas det tv-program och jag påminns om en outforskad tankegång. Jag tar fram min anteckningsbok och läser

MÄNNISKAN – NEDÄRVD MORALKOD?????

Sedan lyssnar jag en stund på samtalet om tv-programmen och inser vad som stört min logik. Om vi har medfödd empati och känsla för rättvisa, varför bygger då nästan alla underhållningsprogram på utröstning och exkludering från gruppen. Jag slår upp en ny sida och antecknar:

VAD MISSAT??????? LOCKA FRAM MOTSATTA INSTINKTER? VARFÖR?????

Sedan gör jag en lång pil och skriver nederst på sidan

MAN KAN ANVÄNDA TV-PROGRAM FÖR ATT HJÄLPA MÄNNISKOR. MAN KAN OCKSÅ ANVÄNDA MÄNNISKOR FÖR ATT GÖRA TV-PROGRAM.

Jag stoppar tillbaka boken i fickan och upptäcker att Åsa betraktar mig.

”Vi kanske ska duka ut och servera varmrätten?”

Jag gör som hon säger och samlar ihop tallrikarna, bär ut dem i köket och ställer in dem i diskmaskinen. Åsa kommer men säger ingenting. Bara rör sig med ilskna rörelser och ger direktiv och order. Snart sitter vi till bords igen och jag fyller mitt vattenglas. När jag är klar sträcker sig Åsa efter vattenkaraffen och fyller även på våra gästers. Demonstrativt, så att ingen runt bordet ska undgå hennes omtanke.

Och min egoism.

Gesten retar mig. Om någon av oss bekymrar sig för omvärlden så är det jag. Efter nästan fyrtio år i blindo.

Min blick faller på Jennys handväska, medvetet exponerad

på hennes stolsrygg. En brun, relativt oansenlig sak med rutmönster av små beigea blommor och bokstäver. Jag har sett liknande många gånger och alltid förundrat mig över att så många kvinnor vill ha likadana handväskor. När det nu finns så många sorter att välja på.

Barnen slevar i sig sin mat och försvinner upp till tv-spelet. Vuxensamtalet knagglar vidare. Jenny beskriver en omdiskuterad anställningsmetod hon läst om i tidningen, hur livsmedelskedjor och klädbutiker låter ungdomar köa till auditions när de söker arbete. Två minuter har de på sig, gör de inte ett tillräckligt bra intryck sållas de bort. Samtalet löper vidare, över en ny app på mobilen, Sveriges chanser i fotbolls-EM och tar sedan ännu en vända in på sommarvärmens vara eller icke vara.

Själv är jag tyst och får allt svårare att sitta still. Ideligen dras min blick mot Jennys handväska. Min nya syn förvandlar den till en skamfläck i mitt eget hem. Det är så mycket jag läst och lärt de senaste månaderna.

Marcus är inne på bilköerna i Essingeledens norrgående körfält när jag bestämmer mig för att ta till orda. Mitt i en av hans meningar.

”Det dör hundra människor i Darfur varje dag, visste ni det?” Marcus tystnar och allas blickar vänds mot mig. ”Nästan fem miljoner människor där är beroende av humanitära insatser.” Åsa och Jenny utbyter blickar. Marcus ler trevande. ”En konststudent i Danmark var upprörd över att omvärlden inget gör och att media skriver så lite om problemet, hon bestämde sig för att använda sin konst för att själv hjälpa till. Hon målade en bild av ett svältande barn med en handväska och en chihuahua och döpte den till Simple living. Sen tryckte hon upp bilden på t-shirtar som sålde som smör och för pengarna köpte hon medicinsk utrustning som skickades till Darfur."

"Häftigt." Marcus dricker lite vin. "Det är skönt att höra att det finns människor som verkligen brinner för nåt."

"Ja. Visst är det." Jag betraktar honom tills han blir illa till mods och ser ner i tallriken.

Åsa höjer vinflaskan. "Mer vin nån?"

"Men historien slutar tyvärr inte där." Jag ignorerar Åsas varnande blick. "Nu var det så att den där väskan på bilden påminde väldigt mycket om Louis Vuittons produkter." Åsa reser sig och försvinner ut i köket. "Företaget menade att t-shirten var en kommersiell produkt och bestämde sig för att stämma konstnären på femtusen euro per dag, och när hon publicerade stämningsbrevet på sin hemsida höjde de summan till femtontusen. Hon tvingades lägga ner försäljningen. Hur skulle hon ha råd att driva en juridisk tvist med ett multinationellt företag? Visst är det helt absurt? När allt hon gjorde var att hjälpa barn och sjuka i Darfur."

Varken Jenny eller Marcus säger någonting.

"Marcus, du som är varumärkeskonsult. Var det verkligen smart om man vill skapa förtroende för sitt varumärke? Fast det är klart, deras kunder verkar ju inte bry sig. Man kan ju tycka att folk med några som helst moraliska principer skulle välja att bojkotta ett sånt företag."

Jenny sitter tyst en stund och därefter reser hon sig. "Vet du Andreas, jag har ingen aning om vad du lider av för problem men du är fanimej inget trevligt sällskap längre. Jag förstår varför Åsa är orolig."

Jag slår ut med händerna. "Ni ska väl inte gå? Jag tror att det finns efterrätt också."

Jenny tar sin handväska. ”Jag hade inte hört det där om Louis Vuitton och jag förstår att det är min handväska som föranledde din lilla föreläsning. Men som sagt, jag hade faktiskt ingen aning.”

”Det står att läsa om på nätet. Det handlar bara om att orka ta sitt konsumentansvar.”

”Visst. Är det därför du och Åsa har varsin Iphone? Du kanske ska googla lite om Apples tillverkning i Kina också när du ändå håller på. Eller du kanske upprörs mer när det gäller varor du inte själv vill ha?”

Jag reser mig och går och hämtar min Iphone. Tillbaka vid bordet släpper jag den i mitt odruckna vinglas. ”Så. Är du nöjd?”

Hon skakar på huvudet. ”Du är ju fan inte klok.”

”Och vad tänker du göra med din väska då? Nu när du inte kan skylla på okunskap när du väljer att gå runt som en reklampelare.”

Hon vänder sig till Marcus. ”Jag vill åka hem nu. Hämtar du barnen så ringer jag en taxi.”

I nästa stund är jag ensam i rummet. Från köket hör jag Jennys ursäkter för det hastiga uppbrottet. Jag uppfattar inga försök från Åsa att hålla dem kvar.

Jag går mot arbetsrummet. Stänger dörren ordentligt och tar fram min anteckningsbok.

Känner hur lugnet kommer tillbaka.

Från och med nu ska inget mer få störa mig.

BODIL

För en ovan kan kärlek lätt förväxlas med sjukdom. Aldrig förr hade nätterna gett mig så dålig sömn, dagarna aldrig så mycken vånda. Sans och vett hade gått mig förlorat. Jag försökte besinna mig, ansträngde mig för att återuppväcka fascinationen över flintyxor och forntida lämningar, men ständigt förlorades tanken tillbaka till Krister.

Som jag älskade den våren. En vanvettig förälskelse, hela mitt jag försvann i en självutplånande symbios där inga kärleksförklaringar räckte för att hålla rädslan borta. Om och om igen behövde vi övertyga varandra. Vi skrev dagligen brev, helgerna låg öde när ingen post kunde nå våra brevlådor, varje kväll talade vi timvis i telefon tills de andra i min studentkorridor satte upp regler för hur den gemensamma telefonen fick användas. Då var jag hänvisad till telefonkiosker som slukade en stor del av mitt studielån.

Det gjorde ingenting. Inget annat än Krister var viktigt.

Det hände att mina studier drog ut över kvällen, och jag minns min oro då jag sprang genom gatorna för att hinna till den överenskomna telefontiden. En gång missade jag, och under följande kvällars samtal fick jag övertyga Krister om att det inte berodde på Henke. Hans taggiga röst, långt utom räckhåll för mina bedyranden. Oförmågan att göra mig trodd. Jag beskylldes för otrohet och mitt hjärta nära nog brast när han hotade att lämna mig.

”Jag kan inte leva i en relation där jag inte känner tillit”, sa han, och jag var redo att göra vad som helst för att bli insläppt igen.

Efter det blev jag ännu mer noga med att passa tiden.

Jag hade hållit mitt löfte och slutat umgås med Henke. Hans telefonsamtal lämnades obesvarade och under dagarna undvek jag honom så gott det gick. Var jag ändå tvungen att byta något ord drabbades jag genast av dåligt samvete. Naturligtvis märkte han min förändring, och även han började göra sitt bästa för att undvika mig. Min självklara plats i gänget försvann förvånansvärt snabbt. Jag slutade följa med när de träffades och ganska snart uteblev deras frågor. Min sista vår i Lund blev lika ensam som uppväxtens skolår. Fast det här var en annan sorts ensamhet. En ädel uppoffring för att förtjäna den helhet jag äntligen tyckte mig känna. Jag hade funnit den del som fattats mig och upplevde en känsla av återförening.

Ingen räknar timmar så noga som den som är åtskild från sin älskade. Ingen tid går så sakta och upplevs så meningslös. Det hade gått fem veckor när vi äntligen återsågs. Vi tog tåget från var sitt håll och möttes på stationen i Nässjö. Hans mamma betalade, både tågbiljetter och en natt på hotell. För mig framstod gåvan nästan overklig, men Krister förklarade att hon gladde sig så eftersom han mådde så mycket bättre sedan han träffat mig.

Jag sög åt mig orden som glimrande kärleksbevis.

Men helgen blev inte som jag föreställt mig. Efter veckor av längtan skulle vi leva upp till varandras förväntningar. Jag hade fantiserat om vår återförening, men skyddad av avstånd är det lätt att glömma nervositeten när man satt sitt hjärta på spel. Efter en hastig omfamning på perrongen började han tala om helt ovidkommande saker. Flinade åt en lustig hatt och kommenterade Aftonbladets löpsedel om skottattentatet mot påven. Föreslog en kopp kaffe när han i min fantasi hade velat ta oss till hotellets avskildhet så snart som möjligt. Var fanns hans åtrå, den som genomsyrat så många brev? Vi hade ju bara kvällen och natten. Därefter skulle fyra nya veckor skilja oss åt.

Han tog påtår och berättade om sommarens konstutställning. Galleriet bönade om fler tavlor och all hans tid gick åt till att måla. Till en början lyssnade jag uppmärksamt, han redogjorde med många detaljer, men småningom tog min förvirring över. Bilden jag gjort av honom stämde inte. Våra brev och telefonsamtal var fyllda av längtan och gemenskap, nu fanns där en främmande ton av självhävdelse. Jag sköt besvikelsen åt sidan och frammanade bilden av den jag älskade. Han som blivit min bästa vän, min näring, min förhoppning om framtiden.

Vi åt middag på en kinarestaurang. Fyra små rätter och en flaska vin. Först därefter älskade vi och äntligen kände jag samhörigheten, den som fyllde hela mitt liv när jag var i Lund och han var i Stockholm.

Under natten låg jag blickstilla för att upphäva tiden. Så snart morgonen kom skulle vi skiljas åt, och än en gång skulle avståndet väcka min oro. För varför skulle han fortsätta älska just mig? När jag var utom synhåll kunde någon annan komma in i hans blickfält. Någon mer hänförande. Jag var övertygad om att förlusten av hans kärlek skulle ända mitt liv. Så mycket annat hade mist sin betydelse.

Ändå hade jag upptäckt sidor som fick det att mola i magen. Servitören på restaurangen som inte var kvick nog med notan, hotellstäderskan som glömt att tömma en papperskorg. Bagateller som väckte hans ilska och krävde tillrättavisning. Sedan var det sättet att snörpa på munnen och undvika min blick de få gånger våra åsikter skilde sig åt. Han tycktes veta precis hur han bäst skulle väcka min rädsla och tvinga mig krusa för att återfå hans tillgivenhet. Men längtan efter hans famn vann över alla betänkligheter. Oftast var allting bra och jag sporrades av hans dunkla svårmod och nyckfulla lynne. Jag var övertygad om att min kärlek så småningom skulle förändra honom. Den dag jag förtjänat hans tillit skulle han lägga ner sitt försvar och bli den han innerst inne verkligen var.

Den här gången skulle jag nå fram.

En månad senare var studentrummet städat för sista gången. Mina år på Lunds universitet var slut. Uppbrottet jag bävat för var berövat sitt vemod – i Stockholm väntade Krister och vår gemensamma framtid. Några veckor återstod tills jag skulle tillträda tjänsten i grävarlaget på Gotland, Krister skulle flytta med och satsa på sitt måleri och tills dess skulle jag flytta in hos honom och hans mamma. Enligt beskrivningen var lägenheten rymlig nog. Dessutom var mamman i sin klädboutique hela dagarna och på kvällarna fanns det gott om platser han ville visa mig.

Men först av allt väntade hans konstutställning. Han beskrev sina målningar så utförligt att det kändes som om jag sett dem själv, våra brev och telefonsamtal kretsade runt den kommande vernissagen. Ena stunden var han modlös och irriterad, ansåg att inget dög och befarade mottagandet från press och konstkännare. I nästa var han fylld av tillförsikt och redo att slå världen med häpnad. Jag noterade hans nästan maniska engagemang med dubbla känslor. Å ena sidan fann jag hans målmedvetna handlingskraft tilldragande, å andra sidan avundades jag hans passionerade koncentration när hela min egen tankekraft var fixerad vid honom. Kanske var jag till och med svartsjuk?

Det hade gått tre år sedan mitt senaste Stockholmsbesök. Mina föräldrar hade lämnat Aspudden och flyttat till en servicelägenhet, mammas blodpropp hade utvecklats till vaskulär demens och pappa var förtidspensionär för att kunna delta i hennes vård. Under åren hade jag ringt ibland. Pappa hade numret till studentkorridoren och jag bedyrade att han gärna fick ringa, men han ville inte störa sa han. Några väsentligheter dryftades aldrig under de korta samtalen, mammas sjukdom och Dorothy förblev icke-ämnen, och när jag frågade om jag fick tala med mamma låg hon alltid och sov eller vilade.

Efteråt var jag oftast tacksam att ha samtalet överstökat. Då återstod bara ett diffust missmod som dröjde sig kvar över kvällen.

I Stockholm blev Kristers och mitt återseende enklare. Möjligen för att jag sänkt förväntningarna. På bara några månader hade jag förvandlat mitt liv till att kretsa runt honom, det fanns inget utrymme för besvikelse. Jag fick ett storslaget mottagande. Krister väntade med ett fång rosor på perrongen och under taxifärden med alla mina väskor satt vi och kysstes i baksätet.

I den stora våningen på Tegnérgatan väntade hans mamma med trerättersmiddag.

”Äntligen Bodil får jag träffa dig, Krister har ju berättat så mycket och du är så hjärtligt välkommen. Lillian heter jag men det anar jag att Krister redan har berättat.” Hon lutade sig fram för att kyssa mina kinder men jag missförstod avsikten och tog ett steg bakåt. Min tabbe tycktes genera Krister men hans mamma lät bara malören passera. ”Kom kära du så ska jag visa dig runt.”

Krister tog mina väskor och försvann åt ett annat håll. Jag följde efter hans mamma. I början drabbades jag av blyghet inför hennes översvallande hjärtlighet, visste inte hur jag skulle bete mig. Allt var så annorlunda från hur det varit i mitt eget barndomshem och den stora skillnaden fick mig att känna mig underlägsen. Det räckte med anblicken av de antika möblerna. Rummen var stora och med bröstpanel, taken kantades av stuckaturer. Lillian själv bar dräkt och massiva guldörhängen, läpparna var laxrosa och håret vällagt. Hon bar inneskor med klack, vilket fick min egen strumpläst att se simpel ut. Till min förskräckelse upptäckte jag ett hål i strumpan.

”Den här målningen vann jag i konstföreningens lotteri förra veckan. Visst är den alldeles bedårande? Fullkomligt ljuvlig. Jag vet inte om Krister har berättat att jag är vice ordförande i ett konstsällskap och därför ofta får tillfälle att stifta bekantskap med nya, spännande konstnärskap i ett tidigt skede.”

Äntligen dök Krister upp. Jag ville att han skulle ta min hand men det gjorde han inte. Det var långt senare jag insåg att det var mycket han inte gjorde när hans mamma var med.

Lillian slog ihop handflatorna. ”Och på tal om nya, spännande konstnärskap. Jag har sparat det bästa till sist. Älsklingen, är det inte dags att vi visar dina målningar?”

Det var den där tonen. Första gången jag noterade den. Jag minns att jag reagerade, men fast besluten att allt var underbart slog jag undan den vaga olusten.

Utan att vänta på svar gick Lillian före och vi följde efter. ”Du ska få se Bodil hur duktig han är. Han har utvecklats nåt alldeles enormt den senaste tiden och jag anar att du är en del av förklaringen.”

Komplimangen gladde mig och jag sökte bekräftelsen i Kristers blick. Kontakten uteblev och vi fortsatte längs en serveringsgång med höga, väggfasta skåp. Lillian stannade och bjöd med handen mot en dörröppning. Rummet innanför var inrett till konstateljé, hyllor och bord var belamrade med färger, burkar, tuber och penslar. En mängd tavlor stod uppställda längs väggarna och mitt i rummet fanns tre stafflin med målningar. Jag lät blicken studsa mellan dem och när jag inte fann vad jag väntat återvände jag till den första för att granska den närmare. En duk täckt av röd färg som i ena hörnet övergick till rosa. Den i mitten var snarlik fast i blå nyanser. På det tredje staffliet stod en tavla med ett invecklat rutmönster i svart och vitt och med en brandgul stjärna i mitten. I minnet återkallade jag konstverken Krister beskrivit under våra samtal. Motiven, texturen, den minutiöst valda föreningen av nyanser. Titlar som Livets spegel, Nivåer av vemod, Samklang i kyla. Hur han använt olika slags ljus för att skapa illusion av djup och för att framhäva detaljer. Jag hade levt mig in i hans intentioner, verkligen vinnlagt mig om att förstå och följa hans konstnärliga tankebanor.

Om jag blev besviken över hans målningar? Nej. Snarare mycket förvånad. Samtidigt visste jag ju vilken uppmärksamhet de fått, och min oförmåga att se storheten förstärkte min känsla av underlägsenhet.

Jag förstod att jag borde säga något men kunde för mitt liv inte hitta orden. Jag ville så gärna låta kunnig, använda termer och begrepp som gjorde mig jämbördig med Krister och hans initierade mamma. Jag ville bli accepterad och insläppt.

Lillian stod mitt i rummet och betraktade mig med förväntansfull min. ”Nå? Vad tycker du? Är dom inte fantastiska?”

”Jo, verkligen.”

Jag vände mig om och log mot Krister. Han hade lutat sig mot dörrposten med armarna i kors. Minen kunde jag redan tyda. En svart glimt i blicken som blixtsnabbt fann den upptrampade stigen till min innersta kärna.

Effekten var ögonblicklig.

Lika fasansfull som välbekant.

”Titta ni på resten medan jag gör färdigt maten.”

Lillian gick och lämnade mig ensam. Krister rörde inte en min. Jag gick fram till väggen och började ivrigt bläddra bland tavlorna.

”Den här är ju jättefin, verkligen. Och den här! Vilka otroligt vackra färger. Den här röda nyansen ser ju ut som riktigt blod. Och den här, den är ju helt ...”

”Lägg av.”

”Va?”

”Gör dig inte till.”

Utan att säga något mer gick han ut genom dörren. Jag sprang efter och fick tag i hans arm men han ryckte undan den med en ilsken rörelse. Ljuden från Lillians donande i köket hördes ut i serveringsgången och jag var livrädd att hon skulle märka något. Krister försvann in på sitt rum. Jag gick efter och stängde försiktigt dörren. Han hade lagt sig på sängen. Armarna bakom nacken och blicken i taket. Inom mig trängdes ett gytter av känslor, men starkast var längtan att tas till nåder.

”Jag ber om förlåtelse. Det var verkligen inte min mening att göra dig ledsen.”

Ingen reaktion.

”Jag blev liksom stum. Jag visste helt enkelt inte vad jag skulle säga.”

Han fortsatte tiga.

”Jag tycker att dina målningar är helt fantastiska. Du vet ju att jag inte kan dom rätta orden när det gäller konst.”

Äntligen såg han på mig. ”Vad sägs om att försöka lära dig då? Har du inte lyssnat när jag har förklarat? Hur tror du jag ska kunna bo med nån som inte förstår vad jag pratar om? Det fattar du väl själv att jag måste kunna dela mitt skapande med den jag lever med?”

”Ja, absolut.”

Sedan föll tystnaden igen. Efter en stund gick jag fram och satte mig på sängkanten. Han tog ingen notis och jag lät fingrarna trippa uppför hans arm i ett försök att nå honom. Till en början sakta och prövande, när han lät mig hållas blev jag modigare och fortsatte mot punkten vid halsen där han var kittlig. Han fnissade lite, först motvilligt men därefter drog han ner mig på sängen och kittlade tillbaka. Mitt skratt var förlösande och överdrivet. Jag lät honom brotta ner mig och blev liggande på rygg, han satte sig gränsle över min mage och höll ner mina armar.

”Min lilla dumskalle.” Han lutade sig framåt och kysste mig. ”Men jag älskar dig ändå.”

Lättnaden var obeskrivbar.

Redan då hade jag lärt mig tyda varje uttryck i hans ansikte, varje tonfall i hans tal.

En balansakt mellan himmel och helvete.

Välbekant som ett par gamla skor.

De följande dagarna tillbringade jag med Lillian. Hon tyckte att vi skulle låta Krister arbeta ifred och under tiden kunde hon och jag göra Stockholm. Det var ett bra sätt att lära känna varann, nu när jag blivit en så välkommen del av deras lilla familj. Först gick vi till hennes klädbutik. Jag behövde något fint till vernissagen sa hon, självklart får du välja vilken du vill, och jag provade klänning efter klänning trots att jag tappade andan när jag fick syn på prislapparna.

Hon bjöd mig på konstutställningar på Moderna museet och Nationalmuseum, tog mig till små gallerier och jag sög in alla termer för att kunna använda dem när Krister visade dagens arbete. Vi åt lunch på restaurang och tog Djurgårdsfärjan till Waldemarsudde och jag ansträngde mig för att vara den perfekta svärdottern. Besöket hos mamma och pappa sköts på framtiden. För varje dag växte mitt dåliga samvete. Det var så mycket enklare att låta sig fösas runt av Lillian och vila i skuggan av hennes beslutsamhet. Visst saknade jag Krister på dagarna, men samtidigt gav det mig möjlighet att lära känna honom på ett annat sätt. Om inte i centrum, vilket oftast var fallet, fanns han åtminstone med i utkanten av våra samtal. Han var kittet och själva förutsättningen för vår gemenskap. Jag var där i egenskap av Kristers fästmö och underförstått betydde det att så länge jag fick hennes son att må bra kunde jag räkna med hennes lojalitet. Vägen till hennes hjärta gick genom Krister och mina lovord om honom tycktes mottas som personligt beröm. Med den skillnaden att hon gärna förstärkte det. Hennes moderskärlek var förbehållslös. Stundtals väckte den min avundsjuka.

Veckan gick. Krister målade och de dagar Lillian var i butiken passade jag på att förbereda inför arbetet på Gotland. Jag hade börjat längta. Inte bara efter grävningen utan efter Kristers och mitt gemensamma liv. Vi befann oss i ett provisorium och jag inbillade mig att det som skavde i bröstet skulle försvinna om allt bara fick börja på riktigt. Det gick ingen nöd på mig, Krister var oftast glad och trevlig när han kom ut från ateljén och Lillian tycktes måna om min trivsel, ändå besvärades jag av en dunkel oro som tärde på krafterna. För att slippa söka andra skäl la jag skulden på mitt uppskjutna besök hos mamma och pappa. Det var dags att få det överstökat.

”Jag följer med dig.”

Vi låg intill varandra i sängen och mitt finger lindade en tofs av hans hår. Min tvekan var ovälkommen, naturligtvis skulle han följa med och träffa mina föräldrar! I djupet av mitt hjärta ville jag ha hans stöd, kunna luta mig mot hans styrka nu när min egen svek, men samtidigt visste jag att de rollerna saknades i vårt redan inarbetade spelregister.

Dottern Bodil och flickvännen Bodil på samma gång.

Fick de verkligen plats i samma gestalt?

”Jag sa att jag följer med.”

”Ja, vad snällt.”

”Men du kanske inte vill ha med mig?”

"Jo det är klart."

"Du kanske skäms över mig?"

"Sluta."

"Vad ska jag tro då? Det känns lite märkligt att du tvekar när jag säger att jag gärna vill träffa dina föräldrar."

"Det var bara så länge sen jag träffade dom. Jag vet inte ens hur sjuk mamma är. Men det är klart jag vill att du följer med."

Jag lät handen glida in under täcket och ner mot hans skrev i hopp om att avsluta samtalet. Gensvaret kom, men så hördes Lillians steg i serveringsgången och han lyfte undan min hand. Kärlekslivet fick vänta till Gotland.

Han rättade till sin kudde och kysste mig, sträckte ut handen och släckte sänglampan. "Godnatt älskling. I morgon efter lunch kan jag följa med till dina föräldrar. Då hinner jag måla färdigt en sak innan vi åker. Sov gott."

Men det gjorde jag inte. Den natten låg jag vaken medan min bävan för morgondagen löpte amok. En outhärdlig tyngd tog andan ur mig och i öronen sprängde mina egna hjärtslag. Jag upplevde en ensamhet jag aldrig förr känt. En tröstlös ensamhet, berövad allt hopp om förändring. Drabbad av samma längtan som jag haft i Lund betraktade jag Krister, men nu fanns han ju här intill mig.

Vilken sorts längtan kräver mer än så för att stilla sig?

När morgonen kom mådde jag illa. Krister försvann in i ateljén och när det var dags att gå hade han blivit på dåligt humör. Det var något om en färgtub som Lillian glömt att köpa och det hjälpte inte att hon kom ilandes hem med beställningen. Jag minns också att jag förblev märkligt oberörd av hans sinnesstämning, att jag föreslog att vi kunde åka tillsammans en annan gång, men han insisterade.

I övrigt minns jag bara dagen i små fragment. Kanske var det min sömnlösa natt, kanske psykets försvar mot överbelastning. Mina sinnen var domnade och den vanliga verkligheten pågick en bit utanför, jag var avskuren från resten av världen och stod bredvid och tittade.

Kartan över Hägersten i telefonkatalogen. Trots att jag försökt memorera gick vi fel och jag fick fråga längs vägen från tunnelbanan. Pappa i entrén, vattenkammad och klädd i kostym. Insikten att jag förvandlats till finbesök och han till en gamling. Kristers förändring, från sur och vresig till hjärtligheten själv och hur han tog över både presentationen och samtalet. Buketten jag köpt, pappas ryggtavla när han hämtade en vas. Förlusten av spänsten han haft när vi fem år tidigare vandrat i Abisko.

Birgit, det här är din dotter. Hon heter Bodil.

Den förvirrade blicken. Fullständigt främmande i ansiktet som en gång varit min mammas. Huden spände över kindknotorna och käklinjen var skarp, hon var mager som en svältande fågelunge.

Det här är din familj, Birgit.

Möblerna från mitt barndomshem. Samma tavlor och lampetter och samma prydnadskuddar. Allt familjärt men förlorat.

Nu ska du sätta dig här vid bordet som är dukat så fint och så ska du dricka kaffe, Birgit. Kom så hjälper jag dig.

Åsynen av mamma. Av pappas oändliga tålamod. De röda fläckarna på hans hals och händer som jag snart förstod berodde på hennes nypande fingrar.

Klarast minns jag en obetvinglig lust att fly.

Besöken jag försummat. Det var för dyra tågbiljetter, för

ont om tid, ingenstans att övernatta i Stockholm. Min självupptagenhet var kantad av undanflykter och samvetet dövat med felfria tentor och efterlängtad gemenskap i Lund.

Nu var fristen över. De satt rakt framför mig. Fångna i eländets boning.

Och jag hade inte lyft ett finger för att stötta dem.

Det skulle vara enklare om det gick att mäta skuld. Väga själva handlingen eller beräkna den utifrån tyngden i det dåliga samvetet. Få hjälp med en avbetalningsplan.

Men det går inte.

Dagarna som följde sjönk jag in i mig själv. För första gången var inte Krister ensam om att få min uppmärksamhet och kanske skrämdes han lite av min distans. Trots några ynka dagar kvar till vernissagen höll han sig lugn och förlorade behärskningen bara någon enstaka gång.

Varje dag åkte jag till servicehemmet i Hägersten. Försökte bekanta mig med min nya mamma och avlasta pappa så gott det gick. Förbereda honom på att jag skulle bo på Gotland under sommaren.

På kvällarna upprätthöll jag rollen som svärdotter, men på rummet med Krister rämnade min fasad. Jag uppfattade hans illa dolda irritation men förmådde inte skärpa mig.

”Varför går du dit när det bara gör dig deprimerad? Hon känner ju ändå inte igen dig och det finns ju personal som tar hand om henne.”

Jag insåg att han aldrig skulle förstå och drog därför till med halva sanningen. ”Jag går dit för pappas skull.”

Han tystnade, men jag märkte snart att det fanns mera uppdämt. Och mycket riktigt.

”Jag skulle faktiskt uppskatta om jag också kunde få lite stöd. Jag tror inte riktigt att du förstår hur nervöst och ensamt det är inför vernissagen på lördag. Jag ska fläka ut och blotta mitt innersta och nu när tavlorna säljs känns det som att förlora en liten del av sig själv.”

Jag tror att det var ungefär så han uttryckte det. Än i dag ångrar jag att min fråga uteblev: *Varför gör du det då?*

Att påstå att jag medvetet började tvivla under de där veckorna vore en lögn. Tvärtom gjorde jag allt i min makt för att upprätthålla min nyvunna kärlekslycka. Min andnöd och de hårda hjärtslagen om nätterna skyllde jag först på förkylning, men när besvären höll i sig blev de svårare att bortförklara. Jag längtade efter någon att prata med, sörjde förlusten av mina vänner. I vargtimmen plågades jag av dubier och som kluven i delar gick jag i kamp med mig själv. Ofta befann jag mig i ilsken försvarsposition, som om jag velat försvara något jag gjort och som var alltför genant att erkänna.

Men värst av allt – längst in i kaoset överrumplades jag av en ovälkommen längtan efter Henke.

Men att ändra mig nu skulle vara att svika mitt löfte, och min kvot av skuld var redan fylld.

En dyr klänning från min blivande svärmors boutique. Makeupen lagd av hennes hand och håret uppsatt med hennes spännen. Den blivande konstnärshustrun var redo för sin blivande makes första vernissage.

Vi tog en taxi alla tre och innanför dörren till det lilla galleriet serverades champagne. Krister var samlad men när jag tog hans hand var den klibbig av svett. Ett tjugotal människor fanns i lokalen. Lillian verkade känna dem allihop.

Hon gick runt och hälsade och en efter en kom fram och gratulerade Krister. Jag kände mig bättre till mods och lät mig smittas av den upprymda stämningen. Jag som alltid avskytt att väcka uppmärksamhet insåg till min förvåning att jag smickrades av den jag fick i egenskap av Kristers flickvän. Filtrerad genom honom blev även jag intressant.

Efter tre glas champagne höll Krister tal. I säkert trekvart redogjorde han för intentionen bakom varje tavla och tekniken han använt. När han tystnat utbringade Lillian en skål och därefter återupptogs sorlet. Krister undrade när tidningarnas konstkritiker skulle komma men Lillian viftade undan hans frågor. Champagnen hade gjort mig yr. Krister var rusig av både dryck och uppmärksamhet och vi smet in i galleriets kontorsdel. Ett litet prång bakom ett draperi fick duga och där stod vi och hånglade tills all tillbakahållen åtrå höll på att ta över. En telefonsignal avbröt oss och strax därefter passerade någon på väg in till kontoret för att svara. Fulla av fniss försökte vi dämpa oss.

”Jo, det går enligt Lillians planer. Hon tycks ha fått hit varenda kotte hon känner och de går runt där ute och håller god min. Själv tycker jag mest synd om killen. Jag ångrar faktiskt att jag lät henne hyra galleriet över sommaren för lyckas hon sälja nån av dom där tavlorna så ska jag banne mig äta upp min egen hatt. Kom förbi i morgon får du se, det är rent ut sagt pinsamt att låta tavlorna hänga därute, men pengarna Lillian betalar är mer än välkomna.”

Denna beredskap i kroppen. Ett avlyssnat samtal och plötsligt värker den överallt.

Jag minns inte hur vi lämnade skrubben. Minnet återkommer först när vi är tillbaka därute och Krister beter sig som om ingenting hänt. Han hälsar och ler och tar emot gratulationer precis som förut och låter sig kramas av Lillian.

Bara en sak var förändrad.

Hans snörpta mun och sättet att undvika min blick.

När vernissagen var slut skulle det firas tillsammans med Lillians vänner på Konstnärsbaren. Hon hade bokat bord för femton personer men bara fyra följde med, resten hade av olika anledningar fått förhinder. Lillian var eld och lågor över den lyckade dagen och flera hade sagt sig vilja köpa, sa hon. Det var ju inte hela världen om man inte sålde något just under själva vernissagen.

Den kvällen blev Krister full. Fullare än jag någonsin sett honom. Han avvisade bryskt alla mina kontaktförsök och jag våndades det kommande utbrottet mot Lillian. Till min förvåning kom det aldrig. Inte den kvällen och inte morgonen efteråt. Inte under nästa dag, och på kvällen när vi gått och lagt oss tog jag hans hand.

”Hur känner du dig?”

”Hurså?”

”Jag tänkte bara att …”

”Oj, det måste varit en sällsam upplevelse. Vet du Bodil, till skillnad från vad du tycks tro så måste man inte gå runt och känna så mycket hela tiden. Ibland kan man faktiskt låta förnuftet segra, istället för att vara så förbannat överdrivet emotionell.”

”Okej.”

”Man behöver inte lägga sig i allting hela tiden.”

”Nej, verkligen inte.”

”Även om du har önskningar om hur jag ska vara och vad jag ska bli så kan du inte lägga över dina egna drömmar och förväntningar på mig, fattar du det? Jag är inte din ägodel. Om det inte passar får du väl hitta nån annan som du kan styra och manipulera med dina små trick och knep."

Därefter vände han ryggen till och ganska snart hörde jag till min förvåning att han somnat. I flera timmar låg jag vaken och försökte förstå. Jag fann utskällningen så obegriplig, men kanske hade jag utan att märka det betett mig så att jag förtjänade den? Allting var förvirrande.

Nästa morgon vaknade jag av deras glada röster från köket och stunden senare kom Krister och gav mig frukost på sängen. Nattens samtal tycktes aldrig ha hänt. Han var full av iver inför Gotland och sa att vi kunde åka tidigare om jag ville det. Och jag min dåre intalade mig att det var hans sätt att säga förlåt. Att från och med nu skulle allt bli annorlunda.

Gotland. Svept i sommarskrud av blåeld och vallmo och med markerna fulla av bortglömda fynd.

Mitt arbete blev en lisa för själen. Jag tillät mig att försjunka i den förlorade värld min uppgift var att återskapa, och trots dess abstraktion föreföll den ofta stabilare än min egen.

Vi var fem i grävarlaget, alla handplockade av professor Sven Rydin. Vi var inkvarterade i en rymlig bygdegård och hade egna rum med toalett, men köket var gemensamt, och Krister blev snart irriterad på den i hans tycke inskränkta samvaron som alltid kretsade runt en meningslös benflisa eller något annat som sedan länge mist sin betydelse. Min inre seismograf gick på högvarv. En del av min uppmärksamhet var alltid riktad åt Kristers håll för att försöka få med honom i våra samtal. Ute bland de andra var han belevad och trevlig, men jag visste vad som väntade efteråt. Han hade känt sig negligerad och utanför, någon hade använt en olämplig formulering eller Gud förbjude – jag hade sagt något han tyckte var fel. Under nätterna fördes viskande diskussioner där min ständiga uppgift var att be om ursäkt eller släta över. Vad som helst, bara det blev lugnt.

Länge trodde jag att ingenting märktes, därför var jag helt oförberedd när Sven kallade mig till enskilt samtal. Han satt i det lilla rummet bakom köket, det vi inrett till kontor och döpt till Högkvarteret.

”Stäng dörren är du snäll.”

Jag gjorde som han bad och gick och satte mig. Hans leende var besvärat och av den sort som visar något annat. Jag oroades av hans tydliga obehag.

”Det här är ett känsligt ämne att ta upp med en anställd, men som din chef är jag tyvärr tvungen att göra det.”

Jag minns det som att golvet försvann. Att jag hissnade i det plötsliga fallet.

”Jag är ledsen Bodil, men det här boendet fungerar inte. Det var dumt av mig att säga ja när du frågade om din pojkvän kunde bo här med oss, men jag förstod hur viktigt det var för dig och därför lät jag mig övertalas. Nu har flera i gruppen tagit upp problemet och tycker att det påverkar stämningen negativt, och ska jag vara ärlig så delar jag faktiskt deras uppfattning. På sikt går det naturligtvis ut över arbetet och därför föreslår jag att du och Krister hyr ett eget hus.”

I efterhand. Minnet av att halsen värkte. Våndan över Svens besvikelse. Min närvaro som försämrat vår arbetsinsats. Hotet om att förlora min sista länk till livet utanför Kristers herravälde.

Sven hade satt ord på sanningen, men skymten av den var så tröstlös att enda räddningen blev att förneka den.

”Jag är ledsen Bodil.”

”Nej, det är okej. Jag tar tag i det redan i dag. Jag såg en skylt häromdagen om ett hus för uthyrning.”

Jag reste mig och gick mot dörren. Benen var ovanligt stela.

”Bodil?”

Jag stannade och när jag vände mig om såg jag att han tvekade.

”Det är väl inte min sak men … Jag är gammal nog att vara din far och om du varit min dotter hade jag inte tvekat att fråga. Han är väl snäll mot dig?”

Jag minns att jag log, men jag minns inte om det var av förvåning eller förlägenhet. ”Det är klart att han är. Varför undrar du det?”

Jag tyckte inte om blicken han hade, granskande och full av medlidande.

”Jag ville bara fråga. Du har förändrats och ibland undrar jag vart hon tog vägen, den där glada studenten som skrev en så lysande avhandling i våras.”

”Om du är missnöjd med min insats kan jag naturligtvis sluta.”

”Tvärtom Bodil. Du är en lysande arkeolog. Låt ingen få dig att tro något annat. Jag vill gärna fortsätta ha med dig i mina framtida grävarlag.”

”Tack.”

Jag förmodar att den där tiden kan liknas vid ett utdraget fjärmande från mig själv. In i det sista stred jag för min storslagna drömbild av Krister, den jag mejslat fram under trånande nätter i Lund. Som jag minns det ifrågasatte jag allt mindre, bara krympte mina anspråk och fogade mig i det minimala utrymme som blev över. Jag gjorde mig böjlig som en ormmänniska.

När jag kom hem från jobbet var han ofta uttråkad efter ännu en dag i sysslolöshet. Hans färger och penslar låg orörda. Vi blev sällan bjudna till bygdegården på kvällarna, om det hände ville Krister ändå inte gå.

”Vad ska vi dit och göra? Diskutera ett rafflande jordprov?”

Veckorna gick, grävningen var min verkliga vila, det var ledigheten som tärde på orken.

Krister kommer in i rummet. ”Så du sitter och läser?”

”Ja.”

Det där ansiktsuttrycket. Orons startknapp. ”Är det nåt som är fel?”

”Nej, nej, man kan ju läsa om man vill.”

”Men ... är det nåt annat du vill göra? Vi kan göra nåt annat om du vill.”

”Nej, nej. Läs du.”

Denna ständiga beredskap. En bagatell som plötsligt kunde explodera i en nära nog olöslig konflikt. Iskall tystnad när jag aldrig förstod vad jag gjort för fel, varvat med vädjanden om att jag aldrig fick lämna honom.

Jag älskar dig.

Tre små ord. Så enkla att slänga ur sig.

Jag började tänka att kärlek var en dröm om överdriven lyx, en förrädisk genväg till förhöjd livskänsla. Ett opium som lovar fulländning men i lönndom bryter ner, och i gengäld för små stänk av lycka kräver allt man har.

När vi gick till sängs om kvällarna låtsades jag sova, trots att hans djupa suckar och irriterade rörelser höll mig vaken. En gång i veckan ställde jag upp i ett försök att upprätthålla något sorts lugn. Efteråt stod jag länge i badrummet och stirrade på mig själv i spegeln.

Framåt september var mina krafter slut. En förkylning vägrade släppa och hade gått ner i luftrören. Jag var utmattad till både kropp och själ och saknade styrka till läkning.

Bara någon vecka återstod av grävningen. Krister räknade dagarna som ett barn inför jul. Att han trots sin högljudda hemlängtan stannat på Gotland var sedan länge likställt med tidernas uppoffring. Nu var det min tur att träda åt sidan och låta honom förverkliga sig. Vad han ville visste han inte, bara att det skulle ske i Stockholm. Lillian väntade med öppna armar och naturligtvis var vi välkomna att bo hos henne i lägenheten.

Teamet hade redan börjat packa delar av utrustningen när Sven kom med sitt erbjudande. Även om jag verkligen ansträngt mig var jag rädd att han noterat min bristande ork, därför kom budet så oväntat.

”Tre månaders grävningar på Kreta med avresa fjärde oktober, det är ett mixat team från Sverige och Grekland. Jag erbjuder dig tjänsten som min andreman.”

Glädjen. Ren och klar. Förundran över att det fortfarande gick att känna så. Förväntan. Det fanns ännu något jag verkligen ville. Stoltheten. Att han valt just mig och min skicklighet.

Därefter insikten att det var omöjligt. Men ändå … Om jag förklarade för Krister hur viktigt det var? För oss båda, faktiskt, arkeologijobb växte inte på träd och hittills var det jag som försörjde oss. Bortsett från pengarna han fick från sin mamma.

Jag bad Sven om två dagars betänketid.

Kvällen innan mitt svar förväntades hade jag lyckats uppbåda ett mod som var större än förnuftet. Jag satte mig bredvid Krister i soffan, tog hans hand men redan innan frågan var framförd bröt helvetet löst.

”Du, du, du! Allting handlar bara om dig. Har det nån gång slagit dig att vi är två i det här förhållandet?”

”Snälla Krister, bli inte arg. Du kanske kan följa med?”

”Spela inte dum, du vet mycket väl att jag inte kan flyga. Jaha, nu fattar jag. Du har berättat om min flygrädsla och nu har den jävla kåtbocken listat ut ett sätt att röja mig ur vägen. Tror du inte att jag har märkt hur ni tittar på varann och hur han kråmar sig som en jävla tupp när du är i närheten.”

”Men sluta nu, Sven är ju gammal nog att vara min pappa. Hur kan du ens tänka nåt sånt?”

”Som om åldern skulle spela nån roll! Jag vet nog hur ni kvinnor tänder på äldre män, ni med era faderskomplex, och för din del är det väl härligt att äntligen få en fadersfigur som du kan beundra, till skillnad från det där vraket som vaggar runt i Hägersten.”

När jag tänker tillbaka minns jag inte mitt uppvaknande som särskilt dramatiskt. Kanske var jag för utmattad för att orka uppbåda någon större sinnesrörelse. Jag minns snarare upplevelsen av känslomässig frånvaro. Bara ett kliniskt konstaterande: Min Krister fanns inte.

Om jag så förvred varenda egenskap skulle han ändå aldrig likna den man jag fantiserat ihop och döpt till Krister.

Han var en illusion, en fantasiprodukt, en illa underbyggd dagdröm jag haft i Lund. Jag hade vridit skylten åt fel håll för att övertyga omgivningen, men den enda jag lyckats vilseleda var mig själv. Mitt liv var byggt på ett invecklat nät av falska ursäkter för att slippa erkänna sanningen. Plötsligt kunde jag känna stanken från min egen själsröta.

Det var dags att ge upp.

Dags att erkänna mitt misslyckande.

Jag sa till Krister att jag tänkte åka.

Den natten spelade han upp hela sitt register. Han var den försmådde älskaren, den skräckslagne femåringen, den hotfulle härskaren, den följsamme vännen, den föraktfulle mobbaren, den fjäskande lismaren. Han skrek, grät och vädjade men ingenting fäste. Mitt inre var tomt. Där fanns inget kvar som gick att beröra.

Om jag inte …

Men så är förbjudet att tänka.

Det blev aldrig någon resa till Kreta. Inte då och inte någon annan gång. Grävningen på Gotland skulle komma att bli min sista.

Under resten av vårt gemensamma liv skulle jag få stå till svars för vad som sas den natten, trots att jag mest var tyst. Mitt uppsåt räckte, och med Krister i domarbåset gick det brottet aldrig att sona. Min bevisade trolöshet blev hans eviga slagträ.

Om jag inte …

Det mest förbjudna.

Men när man ska dö har man väl ändå rätt att tänka det man ägnat halva livet åt att försöka förneka.

Om jag inte redan hade varit gravid?

VIKTORIA

Ibland undrar jag om det kan vara rent biologiskt. Om cellerna efter ungefär trettio år i sorglös blindo börjar undra vad det egentligen är frågan om.

”Hallå där uppe i ledningscentralen, hur var det med allt det där fantastiska som hägrade i framtiden, kommer det snart eller? Och var det inte tal om någon sorts förökning utanför det här slutna systemet så att vårt idoga harvande fördes vidare? Vi har börjat undra om någon över huvud taget har koll på vart vi ska.”

Trettioårskris.

Så plågsamt fånigt.

Torbjörn satte mig på spåret och nu har jag googlat vad mina jämnåriga säger om saken, kanske nådde jag därmed ett nytt bottenrekord i min nyvunna självkännedom. Det finns uppenbarligen fler därute som plågas av att tvingas bli vuxen, som grubblar över om valen de gjorde var rätt, rädslan att åldras, att förlora sitt utseende, fler än jag som hela tiden jämför sig med andra, som insett hur fort tiden går och att det börjar bli bråttom fast man inte riktigt vet till vad. Jag läser och känner igen mig, samtidigt som jag rodnar vid misstanken att begreppet trettioårskris är något vi har uppfunnit i vår kultur, för att vi förlorat förmågan att känna oss nöjda. Det finns ju alltid något mer. Eller något annat. Förväntningarna är vridna till maxnivå. Valfriheten är obegränsad, men vad ska jag välja? Förlusten av givna ramar har förvandlat livet till ett virrvarr av val, som lotterna i en tombola.

På nätet pyr besvikelsen på livet. De som har barn gnäller över sitt monotona liv, att de inte kan resa, inte hinner hänga på krogen eller träffa kompisar, att allt vuxenansvar har förvandlat dem till tråkiga Svenssons.

De som inte har barn klagar över det och att de aldrig lyckas hitta den rätte.

Några har existentiella funderingar men jag slås av hur få som höjer blicken bortom sin egen horisont. Att så många i min generation tycks ta det mesta för givet.

Samtidigt rodnar jag av igenkännande. Många tankar har jag ägnat åt vad jag så orättvist har tyckt mig sakna. Att få ta del av tillvarons goda sidor har varit självklart. Varför inte jag när andra får? Jag har minsann mina rättigheter!

Mina skyldigheter känns däremot mer diffusa. De har jag egentligen aldrig funderat på. Jag läser mina kriskumpaners alster på nätet och inser att klagandet verkar ha blivit främsta formen av ursäkt för hur livet har blivit.

Trots all den där valfriheten.

Att tappa kontrollen skapar onekligen en viss ödmjukhet. Det är häpnadsväckande att fyrtiofem terapiminuter i veckan kan ge så många nya insikter, men också att vissa av dem är så tunga att acceptera. Superkvinnan var inte riktigt så stark som hon trodde. Det fanns något mer där inuti, väl maskerat, och jag har insett att jag möjligen kunnat förlåta andras svaghet, men min egen väcker mitt djupaste förakt. Det ynkliga och hjälplösa. Motsatsen till den jag vill vara. Det är smärtsamt att tvingas omvärdera bilden av sig själv. Eller klarare uttryckt – att acceptera en som bättre överensstämmer med sanningen. Mina krav på perfektion, ofta gränsande till storhetsvansinne, har varit mitt sätt att undertrycka rädslan att bli avslöjad. Om jag lyckas dra blickarna till mina lysande prestationer upptäcker ingen att jag egentligen inte räcker till.

Nästa etapp i processen är att förändra den tanken och Torbjörn hyser gott hopp om mitt tillfrisknande. Fast han väljer att kalla det utveckling.

”Vi löser inte våra problem med samma sorts tankar som skapade dem”, sa han en gång, och kanske är det just vad terapin handlar om. Att jag ska bli tillräckligt klok för att förstå det väsentliga.

Men än är jag inte där.

Tvärtom är jag mer förvirrad än någonsin. Känner mig vilsen. För i samma takt som jag genomskådar min prestationsångest förlorar jag även min fixering vid jobbet. Jag gör det jag ska, men intresset har falnat och uppmärksamheten är riktad åt annat håll. Cellerna ropar efter planen framåt, och jag ägnar mycket tid åt att revidera alla underförstådda visioner om hur livet skulle gestalta sig. Träffa en man, skaffa barn, leva lyckliga i alla våra dagar.

Men i jösse namn – varifrån fick jag den bilden?

Den kan knappast ha kommit hemifrån, för är det några

som *inte* har levt lyckliga alla sina dagar så är det mina föräldrar. De är själva sinnebilden för motsatsen. Som barn ifrågasatte jag naturligtvis inget, jag tog pappas fobier och depressionsperioder för norm och trodde att alla pappor krävde silkesvantar. Mammor gick till sina jobb och i övrigt såg de till att hemmet fungerade. Det var först i skolåldern jag började ana oråd. Hemma hos kompisar blev jag införstådd med att pappor också kunde laga mat, att de oberoende av dagsform kunde vistas på öppna platser med mycket folk, de kunde skjutsa till träningen och åka på semesterresor som gick att planera långt i förväg. Mammor kunde ha väninnor och fritidsintressen, de kunde lägga sig på soffan och vila en stund, de kunde prata i telefon utan att pappor nödvändigtvis behövde veta med vem och ibland kom det folk på middag, fastän det varken var släkt eller högtidsdag.

Men mest förundrad blev jag över att mammor och pappor kunde skratta åt samma sak. Samtidigt.

Därmed var den skenbara normaliteten genomskådad och tonåren ägnades åt längtan bort. Jag bar på generna, men måste till varje pris undvika smittorisken.

Det har hunnit gå tolv år sedan jag flyttade hemifrån. Inte en dag har jag längtat tillbaka, jag är totalt befriad från nostalgiska böjelser och faktiskt tacksam över att jag tog mig igenom uppväxten med förståndet i behåll. Nåja, åtminstone någorlunda. Mitt avståndstagande från min familj har blivit en inrotad vana, en identitet jag sällan ifrågasatt, jag har bara förutsatt att livet blir enklare så. Men outgrundliga äro tankens vägar. Jag får väl skylla på trettioårskrisen. Eller Torbjörn. Mina nya tvivel har i varje fall inte välkomnats med pukor och trumpeter. Jag börjar nämligen ana att mitt fördömande av min familj har varit ännu en mask, eller snarare rustning, och med jämna mellanrum har jag spytt ur mig lite ilsken besvikelse och nogsamt polerat ytan.

Kanske är det bara min längtan efter ett sammanhang. Att höra till någonstans. Om inte känslomässigt, så åtminstone i en överskådlig stamtavla. Plötsligt har jag börjat fundera över trådarna bakåt, vad som lett till vad och vilka gener som faktiskt präglar mig. Jag vet så lite om mamma och pappa, och om deras föräldrar vet jag praktiskt taget ingenting.

Men släktforskning?

Jag hör ekot av mitt eget hånskratt.

Jag är bara så innerligt trött. Jag bär en önskan om att bara få vara, utan att ständigt behöva tänka, känna och prestera fram min rätt att få finnas till.

Exakt klockan sju trycker jag in Roberts portkod. I tio minuter har jag vankat längs gatan, min ovana att komma för tidigt besparar jag oftast nya bekantskaper, dessutom är jag faktiskt nervös. Det känns som att stå inför ett oåterkalleligt provsvar. Det gör jag inte. Men förhoppningsvis ska jag få ett namn på den okända man som var min farfar. I stunden känns det nästan som samma sak.

Det var av en händelse jag fick veta att Robert släktforskade. Han är it-konsult på jobbet och i fikarummet hörde jag honom berätta att han är styrelseledamot i Genealogiska Föreningen. Han fick mitt personnummer och min fars namn och födelsedatum, nu har det gått en vecka och det surrar till när hans port går upp. Enligt porttavlan bor han på fjärde våningen. Jag tar hissen och när jag kliver ut väntar han i dörren.

”Hej, välkommen.”

”Hej, har du hittat honom?”

”Lugn. Kom in ska jag visa dig.”

Hallgolvet är belamrat och Robert banar väg genom barnskor och ryggsäckar. På vår tur genom lägenheten hälsar jag på hans fru och vinkar åt ett barn i vardagsrumssoffan. Vi slår oss ner vid köksbordet och blicken dras till en gul mapp där jag misstänker att svaret finns. Men först vill Robert redogöra för tillvägagångssättet och jag behärskar mig för att inte riva till mig papperna och börja läsa. Han berättar om Sveriges post- och adressregister, befolkningsskivorna, Sveriges dödbok och först efter en stund inser jag att den långa inledningen är för att förbereda mig på besvikelse. Att han helt enkelt inte kommer att ge mig något svar.

”Det tog ungefär fyra minuter att hitta födelseuppgifterna om din pappa. Det står helt enkelt Fader okänd i registren.”

”Så det går aldrig att få veta?”

”Troligen inte. Din farmor måste ha varit väldigt angelägen att behålla den uppgiften för sig själv. Mellan 1918 och ungefär 1980 var det lag på att barnavårdsnämnden skulle göra sitt yttersta för att få fäder till utomäktenskapliga barn att erkänna faderskapet. Din farmor måste ha varit tuff som vågade stå emot.”

Jag förvånas över hur starkt jag reagerar. Hur något som var betydelselöst tills för några veckor sedan plötsligt kan vara en stor förlust. Att aldrig få veta. Att aldrig blir fastslaget. Kanske har jag omedvetet trott att alla svar skulle finnas tillgängliga om jag mot förmodan ville veta, att så grundläggande frågor skulle besvaras under en människas liv.

Var det farmor eller min farfar som gjorde valet? Jag minns hennes ord om heder och rejält underhåll.

Så han måste ha vetat.

I nästa stund tänker jag på pappa. Om jag, generationen efter, känner mig ratad går det bara att ana hur pappa har känt. Men den tanken är störande, det går inte att tycka synd om någon som alltid tycker ännu mer synd om sig själv. Jag är inte redo för medlidande eller mildrande ursäkter. Allt går inte att förlåta. Möjligen kan jag hoppas att en gång vilja försöka förstå.

Robert sträcker sig efter den gula mappen. ”Men jag tänkte att nåt måste jag ju överraska med.” Det snärtar till när han lyfter av snoddarna. ”När jag gick bet på din pappa så kollade jag lite på din mammas sida istället. Du sa ju att det kändes trist att inte ha nån släkt, så jag tittade om jag kunde hitta nån som inte var alltför avlägsen. Jag hittade åtminstone ett kusinbarn.”

”Vadå kusinbarn? Jag har ju inte ens nån kusin.”

”Nä, inte nu längre, men han fick ett barn innan han dog.”

”Vänta, vänta, vänta. Vem fick ett barn?”

”Din kusin Stefan Johansson som dog förra året.”

Jag blir alldeles ställd och förmodligen syns det i mitt ansikte. Robert tar fram ett papper ur mappen och lägger det framför mig. Jag ser staplade fyrkanter med namn och årtal och med streck emellan.

”Din mammas syster hade en ...”

”Vadå mammas syster? Har min mamma en syster?”

”Visste du inte ens det?”

”Nej.”

Robert ändrar ställning och börjar pedagogiskt peka på rutorna i tur och ordning. ”Här är din mormor och morfar, dom fick din mamma Bodil och två år senare en dotter till som hette Dorothy. Hon dog nittonhundraåttiotvå och hade en son som hette Stefan. Fader okänd även där."

"Dog hon åttiotvå? Det är ju samma år som jag föddes."

Robert nickar. "Stefan i sin tur dog tyvärr också förra året, bara trettiosex år gammal."

Jag tittar på namnen och årtalen. Jag och en främmande Stefan Johansson bredvid varandra i släktträdet, strax under våra mammor. Han bär mina morföräldrars efternamn. I tjugonio år hade jag alltså haft en kusin fast ingen berättade det. Och nu är det för sent. Och Dorothy? Vad är det för ett underligt namn? Varför har mamma aldrig berättat om henne? Varför har ingen någonsin nämnt att mormor och morfar har förlorat ett barn, varför har ingen krävt att farmor berättar sanningen om farfar?

Min familj.

Så förbannat typiskt.

Det besvärliga med lögner och hemligheter är att de passar så dåligt med det som är sant. I längden passar de inte ens med andra lögner och hemligheter, inte undra på att det alltid har känts som om vi tassat runt ett obestämt hål. Min känsla av att alla har sagt vad de har på hjärtat genom att till synes tala om något annat.

Min entusiasm för släktforskning har gått över.

Robert lägger i ordning utskrifterna i mappen och försluter med snoddarna.

"Men du har alltså ett kusinbarn. Kevin Johansson, född nittiofem. Adressen ligger i mappen om du är intresserad."

BODIL

Syrenerna har blommat över för i år.

Sommar, höst, vinter, vår. Ett helt år tills de ska blomma igen, tills det återigen går att känna doften.

Nu har syrenerna blommat över.

Nackdelen med att börja njuta av sitt liv är att man blir rädd för att dö. När livsviljan väl sprakar till finns det plötsligt så mycket att mista. Jag minns min forna längtan efter att slippa den eviga oron, de diffusa skuldkänslorna, tomheten som följde mig så många av dagarna. Från min nya utsiktspunkt tycks jag ha dött för länge sedan, och härifrån blir det omöjligt att förklara varför. Hur kunde jag leva så länge utan att ha något att se fram emot, utan någon längtan, utan att ha några egna önskningar? Det jag kände och ville tog alltid vägen över Krister, allt formulerades inom den ram som var möjlig för honom.

Jag satt inte fastkedjad, jag hade arbete och egen lön, jag hade kunnat lämna Krister och skapa mitt eget liv. Ändå stannade jag. Minns inte ens någon försiktig tanke på skilsmässa. Nu framstår mitt val så obegripligt. Under de senaste månaderna har jag funderat så annorlunda att jag glömt hur jag tänkte förut.

Kanske var ett av skälen de där orden han använde. De som invaggade mig i tron att jag aldrig skulle klara mig själv. Till slut blev jag övertygad, trots att pappa ofta sa att ord aldrig kan skada oss mer än vi själva tillåter.

Jag stannade, fastän jag var fri att gå.

Det skulle vara så enkelt att bara skylla på Krister. I min brådskande jakt på pusselbitar är just förvanskningar det jag försöker undvika.

Min gryende rädsla för döden består alltså i oviljan att lämna tillvaron. Plötsligt vill jag så gärna hinna med lite mer, upptäcka hur livet ter sig när man tar tiden på allvar och inte bara låter den försvinna som sköljvatten. Allt oväsentligt har skalats bort. Jag skulle vilja bli kvar några månader till och utnyttja min nya skärpa.

Utan att skryta vill jag påstå att min förestående död har gjort mig lite klokare.

Kanske är det bara naturen som gör sig påmind. Jag har läst att livet tar strid när döden närmar sig. Men överlevnadsmekanism eller inte – jag njuter av min nya tillvaro. Till stor del beroende på att jag har fått en vän, för första gången på trettio år har jag en vettig person att tala med. Efter så lång tystnad finns det mycket att säga, och man ska ha tur om man hittar någon som orkar lyssna. Margareta kom som sänd från ovan. Sedan vi började lösa korsord tillsammans har vår vänskap utvecklats i rasande fart, vi går på teater och på bio, bjuder varandra på middag och delar bord på restaurangen. Hon är journalist, numera pensionerad. Detaljer i hennes liv får mig att ana att hon varit ganska framgångsrik, hon har jobbat i både London och Washington och varit ledarskribent på Dagens Nyheter. I efterhand är jag glad att jag fick veta det först när vi lärt känna varandra, annars är risken stor att jag valt så noga bland orden att inget skulle vågat sig ut.

Det var när jag frågade om de där pappersbuntarna jag sett henne med på restaurangen.

”Äh, det är nog mest ett försök att fördriva tiden. Jag fick för mig att jag skulle försöka mig på att skriva en barnbok.”

Till min förvåning såg hon förlägen ut.

”Den är inte tänkt att publiceras eller så. Jag skriver den bara till mina barnbarn. Min sons barn i USA och till min dotters om hon nu hinner få några.”

Hon tystnade, och jag såg henne tumma på glasets fot med en tankfull blick.

”Tyvärr känner jag igen min egen karriärhets i min dotter, ungar har ju en förmåga att göra som sina föräldrar. Tack och lov hann jag klämma ur mig mina barn, men när dom var små la jag så oändligt mycket tid på mitt arbete. Fråga dom. Dom brukar kunna berätta hur förbisedda de kände sig medan jag tog ärorika steg i karriären.”

”Så ni har ingen vidare kontakt i dag?”

”Jo, faktiskt riktigt bra, man får sig en släng av sleven ibland och jag duckar så gott jag kan med min ömma skrivarnacke”.

Hon skrattade. Margareta gör ofta det, skrattar åt sig själv, och det gör samvaron så befriande enkel. Jag har funderat mycket på den förmågan. Varför vissa kan och andra inte. Svaret måste vara att modet att skratta åt sig själv kräver en grundmurad tro på sitt eget värde. Kanske det är förklaringen till att det blev så kvavt runt Krister.

”Deras pappa då?”

”Ja, Janne jobbade ju lika mycket han, och jag var noga med jämlikheten. Fast i efterhand känner jag mig faktiskt lite lurad. Jag blev jämlik genom att bete mig som han. Att satsa på karriären blev normen för vad som är rätt, men vem kämpade för att höja statusen på det som kallades kvinnogöra? Ingen. Det anses fortfarande mindre värt. Vi har alltså godtagit att kvinnors slit med barn och hemmasysslor under generationerna bara var onödigt strunt.”

Vi satt tysta en stund. Damir kom förbi och fyllde på våra glas.

”Man ska lyssna på människor medan dom är små, innan dom börjar krångla till det. När dom blir gamla blir dom förhoppningsvis kloka igen, men då är det så dags.” Hon tog en liten klunk. ”På tal om det så hörde jag en fin historia häromdagen. En kille som invandrat från nåt afrikanskt land undrade varför man såg så få gamla människor i Sverige. Nån berättade om ålderdomshem och då säger han: Vilken fantastisk idé att låta dem bo i samma hus. Då behöver man bara gå till ett enda ställe när man vill be om råd.”

Våra samtal böljar fram och tillbaka. Bland annat pratar vi mycket om skuld. Vår egen och andras, tillsammans försöker vi utröna vilken som är relevant och vilken som är inbillad. För Margareta behåller jag inga hemligheter.

Jo.

En.

Fast reumatism kommer knappast lura henne länge till. Jag

har blivit sämre. I veckan var jag på sjukhuset och gjorde ett andningsprov. Kapaciteten har sjunkit till sextioåtta procent. Om natten sover jag med andningsmask som hjälper till med syresättningen. Vänsterarmen är förlamad och den högra drabbas allt oftare av muskulära spasmer. Och mina ben. Usch. Det börjar bli svårt att gå. Men värst av allt är stickningarna i läppar och tunga. Det var så det började i vänsterhanden. Ändå tvekar jag att berätta. Risken är att något förändras. Visserligen ska vi båda dö, men det är bara jag som har det på papper. Svart på vitt tar det med ens sådan ofantlig plats. Jag vill hellre fortsätta tala om livet.

Ibland slår mig tanken att Margareta är stand-in för Viktoria. Det jag berättar är egentligen menat för henne, men i brist på min dotter har Margareta blivit en minnesbank. En förvaltare av min historia. Det tröstar mig faktiskt, för på så vis kommer ett litet uns av mig att finnas kvar.

Under ändlösa timmar har jag funderat över vad jag vill säga till Viktoria, men i slutänden inser jag att orden inte räcker till. Om jag så visar alla fotoalbum, beskriver allt som hände, redogör för alla irrande tankegångar och vad som ledde till vad, är det ändå omöjligt att förklara hur något verkligen kändes. Inför en annan människas upplevelse förblir vi främlingar, helt och fullt kan de aldrig delas. Vårt språk är begränsat, hur väl vi än avpassar orden.

Hur beskriver man exempelvis känslan av skuld?

Den 22 oktober 1981 gifte jag mig med Krister Bergström i Stockholms Stadshus. Lillian och pappa var vittnen och våra enda gäster. Efteråt var det bröllopsmiddag på restaurang Ulla Winbladh. Lillian bjöd. Vi tog taxi dit, och jag såg vad pappa kände inför extravagansen. Två världar kolliderade, men Lillians sociala begåvning räddade tillställningen. Genom obekymrat småprat fick hon pappa att slappna av trots den främmande omgivningen. Efteråt bad han om en extra portion av efterrätten. Att ta med hem till mamma.

En månad efter vår hemkomst från Gotland hade vi köpt radhuset i Tyresö. Lillian borgade för lånen och åt Krister ordnades jobb genom hennes kontakter. En fotobutik på Götgatan där han framkallade filmrullar. Åt mig fann hon arbete genom en annan bekant, jag blev inhoppare i Konserthusets biljettkassa.

Allt i väntan på nedkomsten.

Med förundran följde jag min kropps förändring. Hur den självmant tog alla nödvändiga steg i processen att skapa en människa. Jag var varken ledsen eller glad, jag accepterade faktum och lät bli att fundera. Sven hade beklagat mitt nej till jobbet på Kreta och sagt att vi kanske kunde jobba tillsammans någon annan gång i framtiden. Jag tog det med en axelryckning och lät inget rubba mitt sinnestillstånd. Det var som det var. Jag fick anpassa mig för inget skulle bli bättre av att kämpa emot.

Det blev en förhållandevis dräglig tid. Krister for väl av sina nya rutiner. Balansen mellan oss var dock upphävd en gång för alla. Vid varje möjligt tillfälle lät han påminna om Lillians uppoffringar och det ansvar som borde följa min tacksamhet. Fick jag för mig att lämna honom skulle jag stå i ekonomisk skuld, och ingen arkeologlön i världen skulle räcka till amorteringarna. Särskilt inte för en ensamstående mamma.

För att i nästa stund:

”Om det blir en flicka tycker jag att hon ska ha Birgit som mellannamn, efter din mor. Och Ragnar efter din far om det blir en pojke. Det blir väl bra? Om du vill kan jag följa med dig nästa gång du ska dit så kan vi berätta tillsammans. ”

Steg för steg knöt han mig till sig på alla sätt han förmådde. Mitt hjärta var stängt och mina händer fria, men det finns andra sätt att binda en människa. Är man tillräckligt skicklig börjar den bundne snart att binda sig själv.

Januari gick mot sitt slut. Det året var vintern ovanligt kall, det kom ständiga rapporter om lamslagen trafik och nya köldrekord. Vår lilla radhusträdgård låg gömd i snö liksom resten av Sverige.

Barnet i min mage växte.

Det var en lördag. Jag satt i köket och drack morgonkaffe. Klockan var bara sex och Krister sov, utanför fönstren ruvade vintermörkret. En alldeles vanlig morgon till förvillelse lik alla andra i min nya tillvaro. På så vis är det märkligt med morgnar. Vad som än väntar börjar dagen oftast på samma sätt. Man går den till mötes, utan att ana om den rymmer något som ska få livet att skaka i grundvalarna. I just den stunden återstod bara sekunder tills det skulle ringa på dörren. Min hand var på väg att lyfta koppen mot munnen. Den kom bara halvvägs, och jag hann tänka många tankar medan jag hastigt ställde ner den igen. Vem kunde tänkas komma så tidigt?

Jag mötte Krister i hallen. Vi sa ingenting men våra blickar räckte, det måste ha hänt något bortom det vanliga. Han drog på sig morgonrocken och gläntade på dörren, vintern trängde in och när han vidgade öppningen såg jag pappa.

Hans ansiktsuttryck sa allt. Jag förstod att mamma måste ha dött. Krister steg åt sidan för att släppa in honom. Min fråga brände på tungan, men så länge den var outtalad fanns hoppet kvar. Vi gick in i köket och satte oss. En liten frist medan stolar drogs ut och jag fyllde en kopp åt honom med värmande kaffe.

”Tack”, sa han och tog en klunk. ”Maken till vinter har jag väl aldrig skådat.”

”Är det mamma?”

Han snörvlade till och nöp sig om näsan. ”Nej. Du har inte lite hushållspapper?”

Jag såg mig omkring som om jag glömt var det fanns. Jag tog de få stegen som krävdes och rev av en bit, gick tillbaka och lät honom snyta sig.

”Snälla pappa, säg vad som har hänt.”

Han suckade tungt. Undvek min blick. Ställde ifrån sig kaffet. ”Det gäller din syster. Polisen ringde. Dom sa att det var en överdos.”

Kanske lättnad. Att det inte var mamma. I övrigt kände jag ingenting.

”Är hon död?” Det var Krister som frågade och pappa nickade.

Krister slog handen för munnen. ”Å herregud.”

Jag blev stående på golvet. I min mage rörde sig barnet. Jag förstod att jag borde känna någonting – bestörtning, sorg, kanske vrede. Min likgiltighet var en förbrytelse. Krister reste sig och kom och la armen om mig, men jag behövde ingen tröst. Dorothy hade varit död så länge. Ända sedan hon rusat ut ur lägenheten i Aspudden sex och ett halvt år tidigare. Krister kände till att hon fanns, under förälskelsens veckor i

Lund hade jag berättat om henne, utöver det hade jag aldrig nämnt hennes namn.

Och det hade ingen annan heller.

Jag minns att jag sneglade på Krister. Min syster hade knarkat ihjäl sig och jag var osäker på vad det kunde innebära. Min familj. Alltid till besvär. Alltid missanpassad och full av problem. Medan hans mamma ringde flera gånger om dagen.

”Var hittade dom henne?”

”På gångvägen under Centralbron. I en snödriva. Dom tror hon har legat där i flera dygn.”

Fortfarande tomt. Men jag minns ett tryck över bröstet. Att det blev lite svårt att andas.

”Men det är en annan sak jag måste prata om.” Pappa satt med händerna knäppta i knät och såg ner i bordet. ”Hon har en son.”

Äntligen kom någon sorts reaktion. Först förvåning, på ett ögonblick hade jag fått ett syskonbarn, men när det sjunkit in tändes en oväntad förhoppning. Ur förlusten, som jag inte kände, reste sig möjligheten att gottgöra något. Jag visste inte vad, bara att chansen inte fick gå förlorad.

”Hur gammal då?”

”Fem år. Dom bodde i en lägenhet i Gamla stan och polisen hittade honom där. Grannarna hade ringt. Dom var tydligen vana vid att han skrek men den här gången pågick det ovanligt länge.”

”Var är han nu?”

”I ett tillfälligt jourhem. Men det är det vi måste prata om.”

En sekund och polletten föll ner. Tydligen även hos Krister – hans arm försvann från mina axlar. Jag kände att han sökte min blick, men om jag svarade skulle tillfället gå mig ur händerna. Den svarta glimten skulle förgöra min vilja innan den ens var uttalad.

”Pappan då?”

Pappa ryckte bara på axlarna och visade att ingen visste. Han reste sig. ”Ni får väl prata om det. Det är ju ett stort beslut. Socialnämnden skulle ringa på måndag och fråga om vi gör några anspråk på pojken. Men han kan ju inte gärna bo hos mig och Birgit.”

Det finns stunder i livet när det är så kort mellan då och det som är nu. Jag blundar, och vips är jag där. Min hand som blir kvar på dörrhandtaget när pappa gått. Vetskapen om att i tystnaden bakom min rygg väntar en av mitt livs svåraste strider.

När jag begrundar mitt liv och faller ner i mitt djupaste självförakt, brukar jag trösta mig genom att återkalla just den helgen. Kanske kom modet från övertygelsen att jag stred för någon annan, som andras försvarare har jag oftast fungerat bättre. Jag stred för min döda systers femårige son. Han behövde min hjälp och äntligen hade jag möjligheten att göra skillnad.

Kanske rent av sona en skuld.

Bråket pågick långt in på natten. Några timmars sömn och på söndagsmorgonen tog det vid igen. Jag sa inte mycket. Kristers argumentation var ordrik och full av varianter på min egoism och hänsynslöshet. När jag framhärdade gick han över till olycksbådande visioner om vad mitt beslut skulle innebära. I raseri över mitt uppror ringde han Lillian och därefter hade jag två motståndare.

Men jag stod på mig. Faktiskt gjorde jag det. Trots att hans varningar skrämde mig.

På söndagskvällen hade han sammanställt en lista med krav, jag vet inte om Lillian varit inblandad. Om jag godtog dem gick han med på sex månaders prövotid.

1. Du tar på dig fullt ansvar som ensam vårdnadshavare.
2. Vid problem är det din sak att lösa det.
3. Om det på något vis innebär nackdelar för vårt eget barn kommer han ovillkorligen att få flytta.

Jag sa ja, och efter en vecka av formalia blev jag tillfällig vårdnadshavare i väntan på tingsrättens definitiva beslut.

Dagen då han kom. När jag i sjätte månaden plötsligt fick barn. Krister var på jobbet, tidpunkten var noga utvald. En hembakad gräddtårta garnerad med Non stop stod på köksbordet och jag hade dukat med Kalle Anka-servetter. Han kom med en ledsagare från socialnämnden och en liten ryggsäck med tröja och byxor, två par kalsonger, ett gosedjur som såg ut att vara nytt och en oöppnad förpackning tuschpennor. En strykrädd femåring som varken mötte min blick eller vågade svara på tilltal. Till utseendet så lik sin mor att man nästan kunde förväxla tiden.

Det en människa gör, gott eller ont, fortplantar sig i oändlighet. Min vilja var god, men i ljuset av Kristers ovilja var min handling fruktansvärt självisk. Jag tog mig rätten att lura in ett barn i mitt liv, samtidigt som jag visste att Kristers mål var att få bort det. Att jag tillfälligt fått som jag ville betydde naturligtvis inte att han gett upp. Bara att han bytt taktik. Krister vek sig aldrig, hade han väl bestämt sig för en åsikt var den skriven i sten. Att föra det i bevis var helt avgörande, eftersom en erkänd missbedömning vore att underkänna hela sig själv. Ändå drev jag igenom min vilja. Med följden att jag lät Stefan bli en oskyldig spelpjäs i min och Kristers sjuka kamp. En kamp jag innerst inne visste var omöjlig att vinna. Hur skulle jag kunna lyckas med det när hans gisslan växte i min egen kropp?

Jag tog en chans med hopplösa odds, men det var med Stefans väl och ve jag spelade.

Försiktigt och med oändligt tålamod sökte jag pojkens tillit, och lika försiktigt lät han mig komma närmare. Han var tystlåten och beskedlig, stökade aldrig till och lydde alltid första gången han blev tillsagd. Krister hade föga att klaga på och inom mig kråmade sig triumfen. Samtidigt visste jag att situationen krävde vaksamhet. Ett missöde och rätten skulle tippa över till Krister.

Bit för bit släppte Stefan in mig i sin förunderliga femåringsvärld. Jag njöt av hans sällskap och pakten vi slutit. En liten skärva från min egen familj. Laguppställningen blev jämnare – jag stod inte längre ensam mot Krister och Lillian. Stefan blev min medelpunkt, jag var inte längre centrum i mitt liv och fann det som en befrielse. Mitt slutna hjärta öppnade sig och jag kom att älska Stefan som min egen son. Men min växande kärlek bevakades av Krister. Misslynt iakttog han min förändring och hans metoder att kräva tillbaka uppmärksamheten blev allt yvigare. Han drabbades av mystiska smärtor, for ut i anklagelser om att jag egentligen älskade professor Sven Rydin, jag beskrevs som kylig och självupptagen, min förändring användes som bevis för min opålitlighet. Vad skulle jag bli för sorts mor när jag alltid satte mig själv i centrum? Jag värjde mig så gott det gick och vände oron inåt. När jag inte gav efter försökte han nå mig genom Stefan istället, de byggde snölyktor på tomten och började läsa böcker tillsammans. Han erbjöd sig till och med att ta hand om honom de kvällar jag arbetade, istället för barnvakten jag anlitat. Det blev äntligen lite lugn och ro, och de sista veckorna före förlossningen trodde jag faktiskt att det skulle gå.

Men ett sargat barnahjärta rymmer mer raseri än vad som får plats.

Jag var Stefans första och enda trygghet.

Nu skulle han tvingas dela mig med Viktoria.

Så kort mellan då och det som är nu. Vissa stunder kan man ägna resten av livet åt att försöka hantera. Vrida och vända på, fylla dem med nya skäl och bevekelsegrunder. Kanske är det vi slutligen väljer att kalla för sanning i själva verket bara det som ger oss mest sinnesro.

”Du ser ju själv vilka märken hon har. Han slår henne. Jag såg det själv med egna ögon.”

”Det är väl inte så konstigt att han är lite svartsjuk, med tanke på allt han varit med om. Han hade precis börjat lita på att han är trygg här hos oss, och så kommer det plötsligt ett litet syskon.”

”Viktoria är inte ett syskon. Det är en kusin.”

”Vi måste ge honom lite tid att vänja sig.”

”Och under tiden ska han slå vår dotter sönder och samman? Jag måste säga Bodil att din nonchalans förvånar mig. Den sidan hade jag inte väntat mig. Din dotter blir misshandlad och du bryr dig inte.”

”Det är väl klart att jag …”

”Vi har en överenskommelse, det kanske du minns? Eller är det lite svårt att hålla ordning på allt du lovar?”

”Men det kommer ju att gå över, vi måste bara …”

”Du får ringa socialnämnden på måndag och säga att du har ångrat dig. Jag svär Bodil, om han inte är härifrån inom en vecka så begär jag skilsmässa och jag kommer kräva ensam vårdnad om Viktoria. Du kommer inte att ha en chans i en vårdnadstvist. Du har inga pengar. Och när jag visar bilderna på Viktorias märken kommer dom förstå vad du är för typ av mamma. En som inte skyddar sitt barn.”

”Men …”

”Vad exakt är det du inte förstår?”

”Jag bara tycker att …”

”Tycka är för idioter, Bodil. När ska du inse att du borde lära dig lyssna på vad andra säger?”

Så smärtsamt kort mellan då och nu.

Förlåt mig Stefan. Förlåt min svaghet. Inte en dag har gått utan tankar på dig. Du blev min enda sanna kärlek och när du försvann tog du förmågan att älska med dig. Nog har jag älskat Viktoria, men hon fick nöja sig med den sorts kärlek som lever i skuggan av förlust.

Både av dig och min självaktning.

Ty riket var mitt. Och ångern och skamligheten i evighet.

Tiden har gått, sanden fortsätter rinna genom timglaset. Samma sol som då flödar över Gamla stan. Mina fönster står öppna, utanför pågår sommaren. Jag ligger på sängen och lyssnar, njuter av bruset.

Människor kommer och går.

På väggen intill mig finns några blyertsfigurer. Jag såg dem redan första dagen. Några små streckgubbar, uppenbart gjorda av barnahand och förskonade från ett nytt lager färg. Pappa måste ha målat om men bestämt sig för att spara dem. Ett litet minne av hans barnbarn Stefan.

Pappas tipskupong låg i en av kartongerna. Tretton rätt, och det gulnade vinstkvittot satt dithäftat med klammer. Det förklarar hur han hade råd. Han måste ha vunnit i hemlighet och köpt den här lägenheten åt Dorothy, på den tiden utan varmvatten och med badrum i källaren. Ett försök att hjälpa henne bakom mammas rygg.

Det tröstar att veta att han försökte.

ANDREAS

Om man placerar en råtta i en labyrint tar det tid innan den finner rätta vägen. Därefter lär den resten av flocken, men när man placerar nya råttgrupper i samma labyrint hittar de betydligt snabbare. Och råttor i andra laboratorier runt om i världen tycks också lära sig labyrinten lättare. Hur går det till?

De fångar upp kunskapen genom sitt morfogenetiska fält. Ju fler individer som lär sig desto starkare blir det.

Mysteriet med jordbruket då? Att människan för tiotusen år sedan plötsligt började bruka marken runt om i världen, oberoende av varandra och utan möjlighet att kommunicera upptäckten mellan kontinenterna. Hur fick alla plötsligt samma idé?

Medvetandet är ett kraftfält som sträcker sig långt bortom hjärnans nervsystem.

Hur var det med mormor och morfars hund? En halvtimme innan någon av dem kom hem gick den till dörren och väntade. Jag riggade till och med upp en videokamera som bekräftade fenomenet, men trots bevisen slog jag bort det som slump eftersom ingen vetenskap kunde förklara.

Hundens medvetande interagerade med tomrummet mellan tingen. Där bevaras alla processer och all information, det sammanbinder hela universum och är inte begränsat av tid och rum.

Varför har jag inte fått veta det tidigare?

För att ingen har begripit det än. Mängden svar som går att hämta inom förnuftet är begränsad. Den rådande världsuppfattningen bestämmer vad ditt förstånd tolererar och sätter gränser för vad du kan se. Men du föddes inte med en färdig uppfattning, allt du vet har någon lärt dig. På samma vis har du lärt dig modellen för hur världen är uppbyggd, men det innebär inte att modellen är sann. Ingen vet hur världen fungerar. Du är den förste som ska få förstå.

”Andreas, snälla, lås upp dörren nu.”

Jag har blivit utvald. Skapelsen har gjort mig till sin bundsförvant. Rösten talar till mig dag som natt, den viskar i element och vattenrör, telegraferar budskap i vårt knarrande golv, den styr min väg genom datarymden och leder mig till upplysning. Tre veckor utan sömn har fört min hjärna till en högre nivå, mina sinnen har nått en ny frekvens och uppfattar fler dimensioner.

Inget står still. Allt som finns gör det som ett resultat av en tidigare händelse. Det jag såg som en nyckfull slump bar i själva verket mening. Om jag inte befunnit mig i guldsmedsbutiken hade jag fortsatt att leva döv och förblindad. Jag hade aldrig sökt efter sanningen. Aldrig blivit upplyst om livets större sammanhang. Aldrig blivit utvald.

”Snälla Andreas, kan du inte bara öppna dörren. Du har inte ätit ordentligt på flera dagar.”

Jag är fast i en kropp med några små gluggar ut mot resten av världen. Mina öron hör men känner inte lukt. Mina ögon ser men känner inte smak. Min hud förnimmer beröring men kan varken höra, känna doft eller se. Min kropps förmågor är summan av vad jag kan uppfatta. Det innebär inte att det är allt som finns. En osynlig gas är i högsta grad verklig, men ett mänskligt sinne kan inte förnimma den.

Jag som trodde att meningen gått förlorad. Nu skäms jag över tankarna, chocken gjorde mig paranoid och framkallade min grandiosa uppfattning. Jag simmade i havet men vägrade erkänna vattnets existens.

Nu ser jag helheten.

Allt består av vibrerande energi som behåller sin form genom naturlagarna. Atomerna är eviga – de som bygger min kropp har en gång bildat någonting annat. Oavbrutet byts de ut och på några år har alla celler förnyats. Ändå förblir jag densamme.

Äppelkärnan blir ett träd och de nya blommorna minns hur de ska förvandlas till frukt.

I varje vetekorn vilar löftet om oändliga fält.

En äggcell blir befruktad och vet ifall den ska bli en katt, val, giraff eller människa.

Generna är bara ord i ett språk. Manualen hämtas i det osynliga tomrum som väver samman alla universums partiklar. Jag är ingen isolerad enhet i en oändlig rymd, stommen i mitt väsen är sammanlänkad med allting annat, när en störning sker långt bort i systemet reagerar även min organism.

”Älskade Andreas, jag vill ju bara hjälpa dig.”

Det finns en fara i att vara utvald. Mängder av organisationer vill komma åt min kunskap och Den nya globala hjärntrusten skulle göra allt för att tysta mig. Jag kan inte lita på någon. Inte ens på min egen familj. Barnen är i Spanien men Åsa är kvar och bevakar mig, hon vill få mig till en läkare men jag vet vad de vill – mjölka mig på information och förhindra att jag sprider sanningen. Den skulle förgöra den rådande ordningen. Kommer den ut måste vi skrota vår vedertagna syn på världen, vi måste riva alla samhällsstrukturer och börja om från början. Om allt är sammanlänkat kan vi inte längre skada något utan att samtidigt skada oss själva. Vi skulle tvingas ompröva begreppet människa.

BODIL

Ett ihållande regn strilar nerför fönsterrutan. Likadant var det i går. Årets semesterväder är av den bedrövliga sort som det ska pratas om när folk återvänder till sina arbetsplatser. Sommaren som aldrig kom. Det blir tungt för dem som ska in i vintermörkret. På så vis går det att hitta fördelar i min situation. Fler saker än vädret har mist sin betydelse. Som räntans upp- och nedgång, den stigande arbetslösheten, Europas ekonomiska kris. Och aldrig mer behöver jag gå till tandläkaren eller gynekologen. Måhända tänker jag en smula själviskt, men i mitt läge är det nog oundvikligt.

Aldrig mer någonsin.

Hur förhåller man sig till det fenomenet? Att finna sig i eller förtvivla, hinnan däremellan är tunn. Mina dagar förflyter i en behärskad balansakt.

Tv:n står på. Friidrott från OS i London. Usain Bolt ska snart försöka slå sitt eget världsrekord. Jag är inte särskilt intresserad, men ljudet från sändningarna känns tryggt. Jag är en av miljontals tittare, ännu en stund hör jag till.

Jag ligger mycket i sängen nu. Orken räcker bara korta stunder. Med jämna mellanrum tar jag hjälp av min andningsmask. Jag borde ha långtråkigt, men tiden har aldrig gått så fort som nu. Tickandet från farmor och farfars väggklocka blev dock för mycket, jag bad Margareta stoppa pendeln. Hon kommer varje eftermiddag, tar med sig mat eller värmer något av det hemtjänsten lämnat och vårt vin dricker vi numera här. Svälja kan jag fortfarande. Hon har köpt en hel packe med festliga sugrör. Ändå sipprar det lite ur mungipan. Hon torkar och säger att det är ju ändå tur att jag föredrar vitt. Hon är fantastisk Margareta, och jag tackar högre makter för att hon finns.

En månad har gått sedan jag berättade. Det var betydligt svårare än jag hade trott. Några små sketna ord, tänkta hundratals gånger, men avsevärt värre att formulera med ljud. Med ens blev det så definitivt.

Att komma ut som döende är ett oöverträffat sätt att särskilja sig. Margareta blev ledsen, men tack och lov skrämdes hon inte på flykten. Jag hade befarat det, för vad väcker större fasa än en människa med utmätt tid? Språket rymmer inte ens några lämpliga ord. Margareta är klok nog att förstå att det räcker gott att hon bara är här.

Det är märkligt med livets slut. Hur ihärdigt vi människor försöker förneka det. Allt annat är osäkert, utom just detta, att ingen undgår sin egen död. Ändå har vi så lite övning i att hantera vårt öde. Vi vet men tiger, och därmed behåller döden sitt hotfulla främlingskap.

Vi omges av löpsedelsdöd. Underhållningsdöd. Nyhetsdöd. På avstånd ser vi döden till leda, men den enskilda döden är något annat. Helst bör den ske i kulissen, för den passar så dåligt med sättet vi lever. Ägande, individens frihet, rätten att välja. Vi tror vi kan kontrollera vårt liv men döden grusar den illusionen. När den väl kommer står vi oförberedda, trots att vi faktiskt visste.

Just så är det för mig. Fem månaders nedräkning räckte inte, jag borde ha börjat tidigare. Närmat mig tanken och försökt vänja mig. Därför tror jag mig ha förstått en sak som jag önskar att jag begripit från början – att bereda sig på att dö är nog bästa sättet att lära sig leva.

Jag har betalat mina räkningar, kartongerna är packade och prydligt märkta med sitt innehåll. Garderoben är tömd på mina kläder. Viktoria ska inte få några extra problem. Lägenheten kommer hon ärva precis som jag gjorde efter pappa. Testamentet är färdigskrivet och ligger i ett kuvert på köksbordet. Där finns även några ord från mig, det enda hon behöver veta.

Allt annat har blivit överflödigt. Jag minns inte längre vad som kändes så viktigt. Dessa erfarenheter som samlats i skallen, ett oöverskådligt gytter av minnen. Ett slöseri kan man tycka, om nu döden innebär att allt ska försvinna. Men man kan också välja att se det som rening. Hur kan jag begära att Viktoria ska ta över mina tankar? En hel del är jag tacksam över att själv slippa undan, så varför ville jag skicka dem vidare? Om jag så förklarar med miljoner ord så gör det ändå inte någon skillnad.

Nej, det var för min egen skull jag ville berätta för henne om mitt liv. Använda mitt öde som ursäkt. Ett litet förlösande samtal mot trettio år av missförstånd. Slutet gott, allting gott. Men riktigt så enkelt kommer man inte undan. Det blev som det blev, och vad kan jag göra åt det, nu, när inget kan göras ogjort och när jag lät det gå så långt att det hann bli för sent.

Några väl valda sista ord. I Hollywood talar man ut minsann, förlåter, försonas och gråter tillsammans och alla frågor får ett svar. I riktiga livet är det svårare. Vad finns det att säga när sanningen skulle göra för ont?

Jag förstår inte längre vad jag hoppades på att reda ut.

Människor har ett bästföredatum. Mitt har gått ut. Jag har ramlat flera gånger på väg till badrummet och jag har svårt att sköta min hygien. I morgon ska det komma någon från kommunen och en handläggare från Försäkringskassan. Tillsammans ska de värdera mitt behov av hjälpinsatser, hur många timmar jag ska beviljas personlig assistans.

Därmed är min brytpunkt passerad.

Den innersta sorgen är en ensam sorg, jag kan inte dela den med Margareta. Under djup koncentration försöker jag fjärma mig från tillvaron. Livets angelägenheter vittrar bort. Min kropp tycks sträva efter lägsta möjliga energi, som ville allt tillbaka till sitt ursprung.

Det har blivit dags, för vad är själva livet värt när allting annat är borta?

Jag avundas dem som har en tro. Dem som själva slipper tänka ut ett syfte med allt som har varit och allt som är. Det ligger nära till hands att bli religiös när slutet närmar sig, men mina tvivel vinner alla ronder. Även de stunder då paniken häver sig inom mig. Jag har alltid varit misstänksam mot dem som tror sig ha alla svar. Så många livsåskådningar och så många vetenskapsmän som har försökt lösa gåtan, men inte ett enda slutgiltigt bevis. Därför har jag hållit mig avvaktande, men det är betydligt lättare att vara modig på behörigt avstånd. I min nuvarande belägenhet garderar jag mig med ett kryss och öppnar upp för alla möjligheter.

Efteråt? Vad kan jag veta? Allt jag önskar är en plats bortom rätt och fel.

Jag stänger av tv:n och lyssnar på tystnaden. Än en stund ska jag låta viljan bestämma över min döende kropp. Jag ska ta mig upp ur sängen, försöka brygga en kopp espresso och njuta av den i fåtöljen vid fönstret. Där jag ska följa varje vattendroppes färd utför glasrutan.

Jag lämnar det gamla bakom mig. Någon gång måste vi ge oss själva tillåtelse att få ge upp.

Kanske låter jag denna kväll få bli min sista.

Tänk om jag vetat det, att det valet en gång skulle komma att bli min enda återstående tröst.

VIKTORIA

Sista semesterdagen tar jag tunnelbanan och far söderut. Resmålet är en förort jag aldrig förr haft anledning att besöka. Resan tar trettiosju minuter. Adressen är inknappad i min kart-app och enligt den tar det fyra minuter att gå från stationen.

I en månad har Roberts gula mapp lyst på köksbänken. Mina vänner har hunnit tröttna på innehållet. Samtalen med Torbjörn har sommaruppehåll så han är inte heller till hjälp.

Ett osynligt grus i skon. Så kan man beskriva ett kusinbarn. Åtminstone om det föds i sjuttonårsåldern och är avlat av en hemlig kusin man aldrig kommer att få träffa. Kanhända låter det obetydligt, men för en släktlös är sådant en kännbar förlust.

Under midsommarhelgen hos vänner i skärgården. Under en shoppingresa till New York. Under resten av semestern, när jag för en gångs skull stannade hemma i Stockholm. Hela tiden har Kevin Johansson skavt, trots trägna försök att skaka bort honom.

Facebook ger ingen hjälp. Bland alla träffar är det omöjligt att veta om någon av dem är mitt kusinbarn och telefonnummer kan jag inte heller få fram. Varken till Kevin eller hans mamma Lizette som enligt papperna bor på samma adress. Till slut bestämde jag mig för att skicka ett brev. Några enkla rader om vårt släktskap, med en avslutande undran om han ville ses. Men med handen lyft mot postlådan hejdade jag mig, plötsligt medveten om att jag därmed skulle förlora kontrollen. Vad skulle jag göra om han inte svarade?

Jag är medveten om att Kevin har blivit en fix idé. Ett oväntat fynd och en välkommen avstickare, trots att det finns närmare släkt jag borde kontakta. Nuförtiden vaknar jag ofta med känslan att jag borde ringa till mamma. Den varar bara alldeles kort, sedan säger stoltheten att det är hon som borde ringa till mig. Visst, jag bad henne lämna mig i fred, men tänk om hon någon enda gång kunde vara lite påstridig.

Tunnelbanan stannar ovan jord och jag kliver ut på perrongen. Passerar Carl Fredrik Reuterswärds skulptur med den knutna pistolen och fortsätter ner för trapporna. Tack och lov tog jag med paraplyet. Min digitala karta visar vägen. Vädret tycks hålla människor borta från gatorna, jag möter nästan ingen och några minuter senare är jag framme. En rad höghus i missfärgad betong, urtypen för miljonprogrammet. Knallgula balkonger kämpar förgäves för att muntra upp fasaderna, nästan alla har parabol. En slöjklädd kvinna med barnvagn öppnar porten och när jag hjälpt henne ut går jag in. Skakar av blötan från paraplyet och blir stående framför porttavlan. De bor på nionde våningen. En sista tvekan innan jag fortsätter fram till hissen. Den är full av klotter och på vägen upp slår mitt hjärta med snabba slag. *Hej, jag är din pappas kusin. Hej, jag heter Viktoria och är här för att jag är kusin med din döda pappa. Hej, jag går i terapi och du är den enda släkt jag har. Får jag komma in?*

Det sitter en barnteckning på dörren, fyra figurer i olika storlekar med pilar ovanför huvudena. Mamma, Kevin, Cassandra och Melissa. Innan min nervositet hinner stoppa mig ringer jag på. Stryker mina klibbiga handflator mot låren och tar fram Roberts gula mapp. Det hörs steg inifrån lägenheten. Dörren går upp men öppningen begränsas av en säkerhetskedja. Jag skymtar ett ansikte innanför. En blond, kraftig kvinna med piercat ögonbryn.

”Ja?”

”Hej, förlåt att jag stör. Jag heter Viktoria Bergström och jag kommer kanske i ett lite konstigt ärende, men det är så att jag just har fått veta att jag är kusin med Kevins pappa Stefan.” Jag sliter bort snoddarna på mappen för att få hjälp av bevisen. ”Jag har inte så stor släkt så jag tyckte det skulle vara roligt att träffa honom.”

”Steffe är död.”

”Ja, jo, jag vet, ursäkta men jag menade Kevin. Mitt kusinbarn.”

Några sekunder går och hon säger ingenting. Ett barn börjar skrika och dörren stängs, säkerhetskedjan skrapar på insidan av dörren och därefter öppnas den igen.

”Kevin är inte här, men det är väl lika bra att du kommer in. Jag är hans mamma.”

”Tack så väldigt mycket.”

Hon är klädd i joggingbyxor och linne och bär ett barn på höften. Det slutar gråta när det får syn på mig men bara tillfälligt, snart tar det fart igen. Jag tar av mig skorna och följer efter in i lägenheten. Passerar en sittvagn i hallen.

”Lizette heter jag. Du kan sätta dig därinne så länge. Jag ska bara hämta en napp.”

Hon nickar i riktning mot vardagsrummet. En enorm platt-tv visar friidrottstävlingarna från OS i London. För mitt inre hör jag pappas röst från tv-soffan. *Varför springa så fort man kan mot en meningslös punkt, för att slå ett rekord helt utan betydelse*?

Det var en av de frågor man undvek att försöka besvara.

Jag går fram till några inramade fotografier. Leende barn, ett av dem visar en pojke i sjuårsåldern med nya, taggiga framtänder. Brunt, lockigt hår till skillnad från mitt eget ljusa, raka.

Jag sätter mig i ena änden av hörnsoffan, en pösig variant i ljusgrått skinn. På glasbordet framför mig står en tallrik med några torra pommes frites och ett halvdrucket glas coca-cola.

”Vill du ha nåt, jag har kaffe eller cola?”

”Nej tack, det är bra. Vad heter hon?”

”Melissa.”

Hon sätter ner barnet på golvet. Det suger förnöjt på sin napp och sträcker händerna efter de färgglada leksaker som ligger kringspridda. I smyg betraktar jag Lizette. Linnet smiter åt om valkarna och jag tänker på mina egna nojor när vågen på gymmet visar något kilo för mycket. Känner mig nästan lite avundsjuk på att hon vågar bära kläder som avslöjar mer än de döljer. Så fjärran mitt eget sätt att vara.

”Hur gammal är hon?”

”Hon fyller ett om några veckor.”

”Så det är Kevins syster?”

”Ja. Eller halvsyster är det ju. Steffe och jag levde bara ihop några år.”

”Jaha.”

”Du vet vi var jävligt unga när vi träffades, jag var arton när jag fick Kevin.”

”Oj. Ja, jag tyckte du såg ung ut för att ha en sjuttonårig son.”

Komplimangen tycks gå henne förbi. Blicken vilar på barnet en stund och sedan går hon fram till balkongen. Utanför fortsätter regnet. Hon gläntar på dörren, sträcker sig efter ett cigarettpaket och när hon tänt en blåser hon ut röken genom glipan.

”På vilket sätt är du kusin med Steffe?”

”Våra mammor var systrar, men jag träffade aldrig min moster, hon dog samma år som jag föddes. Är det Kevin på fotografiet där?”

Hon slänger en blick och nickar. ”När han gick i ettan.”

”Går han på gymnasiet nu eller vad gör han?”

En stund ser hon ut genom fönstret. Sedan, alldeles oväntat, börjar hon gråta. Cigaretten är kvar mellan fingrarna när hon försöker dölja sitt ansikte. Gråten är tyst men axlarna skakar, jag sitter handfallen och vet inte hur jag ska bete mig inför denna intima yttring. Jag känner henne inte. Vad ska jag säga? Tänk om jag generar henne eller ännu värre, gör henne arg? Jag ser mig omkring för att åtminstone hitta en servett eller något att ge henne.

”Hur är det?”

Hon snörvlar och vänder ryggen till medan hon kastar ut cigaretten. Jag anar en svanktatuering i glipan mellan linnet och byxorna. Även den känns privat, och tillsammans med gråten blir det mer än jag kan hantera, jag reser mig för att leta upp toaletten och hämta lite toapapper. När jag kommer tillbaka har hon satt sig i soffan med armarna runt en hjärtformad kudde.

”Tack.” Hon drar med papperet under näsan. ”Förlåt, men det känns bara rent ut sagt för jävligt just nu.”

”Okej.” Det är allt jag kommer på att säga. Situationen gör mig osäker och illa till mods. Jag inser att jag förväntat mig omedelbar samhörighet med min nyfunna släkt, men sällan har jag känt mig så bortkommen.

”Jag skulle ha sagt det redan när du kom men … Fan.” Hon suckar och ansiktet förvandlas till en plågad grimas. ”Kevin är häktad för rån.”

Jag sitter alldeles stilla medan informationen kraschar in i en månads förhoppningsfulla fantasier. Kevin och jag på ett fik, vid min kusins grav, kanske till och med som triumferande överraskning inför mamma.

Under en lång stund är vi båda tysta. Lizettes blick är tom. Inom mig bubblar frågorna, de jag kommit hit för att ställa. Innan jag hunnit säga något tar hon självmant till orda.

”Jag trodde att allt funkade nu. Jag menar för Kevin.”

Hon reser sig och går till balkongdörren för att tända en ny cigarett.

”Han hade brutit med sitt gamla gäng härute och valde att gå gymnasiet inne i stan istället. Du vet, dom höll på med en massa skit redan på mellanstadiet, snattade och åkte dit för skadegörelse. Soc var inblandade och vi var där på samtal men vad skulle jag göra? Mig lyssnade han inte på. Jag mådde skit den där tiden för det hade precis spruckit med Cassandras pappa. Sen på högstadiet blev det ännu värre och till slut åkte han dit för olovlig körning. Då var han straffmyndig så det blev böter och dom fick ju jag betala, annars hade det legat hos kronofogden tills han fyller arton.”

Hon drar ett bloss och riktar röken mot dörrspringan.

”Men faktiskt blev dom där böterna vändningen. Han såg hur jag slet med betalningen och efter det skärpte han sig.”

”Stefan då? Var inte han till nån hjälp?”

”Steffe?” Hon fnyser ut namnet. ”Nä du, han dök upp med jämna mellanrum med nåt jävla paket till Kevin och sen drog han igen.”

”Vad dog han av?”

”Bilolycka.”

”Usch, hur tog Kevin det?”

Hon rycker på axlarna. ”Egentligen blev det ju ingen större skillnad, men det är klart att Kevin blev ledsen. Han har alltid sett upp till sin farsa, sa man ett ont ord om honom blev det ett jävla liv.”

Melissa har krupit fram till hennes fötter och vill komma upp.

”Själv har man fått en massa skit från Kevin, trots att det var jag som fanns här hela tiden. Men Steffe behövde bara komma ihåg nån födelsedag för att vara helt fantastisk.”

Hon fimpar och lyfter upp barnet, sätter henne på höften och drar igen balkongdörren.

”Du kanske läste om olyckan, det var en del skriverier. Han körde in i ett vägräcke och voltade när han blev jagad av polisen. Men va fan, bilen var ju stulen så vad hade han väntat sig?”

”Stefans bil?”

”Ja, din kusin försörjde sig inte just på vanligt lönearbete, om man säger så. Han var på permission när det hände.”

Jag slänger en blick på den gula mappen på soffbordet. Bit för bit fylls informationen på men jag undrar plötsligt vad jag ska ha den till. Varför jag inbillade mig att blodsband skulle vara lösningen på mina problem.

”Vet du nåt om hans mamma?”

”Stefans?”

”Ja.”

”Nä, ingenting. Han var ju bara fem när hon dog. Sen hade han en massa fostermammor men när vi träffades hade han ingen kontakt med nån av dom. Han flyttade mellan olika fosterhem under hela uppväxten.”

Hon kommer och sätter sig igen med Melissa i knät. Barnet lutar sig mot sin mammas mage och ger mig förstulna blickar. Lizette sträcker sig efter colaglaset och tar en klunk.

”Visst, Steffe hade haft det jäkligt tufft som unge, men det var skitjobbigt att han aldrig litade på nån, han litade inte ens på mig.”

Jag tittar mot tv:n. Där drar det ihop sig till sprintfinal och Usain Bolt i närbild gör sig redo. Lizette låter huvudet vila mot ryggstödet och blundar.

”Fan Kevin, hur kunde du vara så förbannat dum?”

Jag betraktar henne en stund.

”Har du fått prata med honom?”

”Nej. Han har besöksförbud men polisen säger att han har erkänt. Att han behövde pengar till nån skolresa till Berlin som dom andra i klassen hade råd att pröjsa. Du vet, innerstadsungar med rika föräldrar.” Hon stryker handen över ögonen och suckar. ”Fast egentligen är det mitt fel också. Jag tjatade om att han skulle söka det där snobbiga plugget, trodde det var bästa sättet att få bort honom från gänget härute. Men hur fan ska jag ha råd att betala nya mobiltelefoner och märkeskläder och kvällar på krogen. Vissa månader har jag svårt att få ihop till käk. Det var väl klart han blev utanför."

Jag tittar på det inramade fotot igen. Kevin sju år.

"Vad var det för typ av rån?"

"En guldsmedsaffär."

"Oj."

"Jag vet, han är inte klok. Hade använt sin soft airgun som vapen, en jävla leksak. Han fick den av Steffe i julklapp för några år sen." Hon lyfter blicken mot taket och fnyser. "Tack Steffe, tack så väldigt mycket för den hjälpen."

Kommentatorerna på tv:n jublar. 9,63 sekunder. Nytt olympiskt rekord.

Ibland går det fort att skifta syn på sitt eget elände. När jag går tillbaka mot tunnelbanan har jag blivit några illusioner fattigare. Även denna gång tar resan trettiosju minuter, ändå känns den betydligt längre.

På Karlaplans perrong ringer jag en kursare från juristlinjen som jag vet har blivit en hyfsat framgångsrik brottmålsadvokat. Hon lovar att titta på fallet, och om Kevin vill kan hon åta sig att bli hans ombud.

Det är inte för släktskapets skull jag ber henne.

Jo förresten, kanske lite. För känner jag efter ordentligt anar jag en oförklarlig känsla av skuld.

Jag tar vägen om Ica på Fältöversten. Det är dags att fylla upp kylskåpet med frukostmat. I morgon drar vardagen igång, semestern är slut men i år känns det annorlunda. Förr har jag alltid längtat tillbaka till jobbet. Funnit rutinerna enklare än semestern som förpliktigar att fyllas med lyckat innehåll. Kanske är det dags att omskola sig? Hitta en ny väg i livet som inte är vald efter behovet att vinna en diskussion mot sin pappa. Jag står som bäst och funderar över denna svängning när mobilen ringer. Jag sätter ner matkassarna på köksgolvet och ser en rad siffror på mobilskärmen, således ingen som finns bland mina kontakter.

”Ja, det är Viktoria.”

”Hej Viktoria, visst är det Viktoria Bergström jag talar med, som är dotter till Bodil?”

”Ja.”

”Vad bra, jo det är så att jag är god vän med din mamma, Margareta heter jag. Ringer jag olämpligt eller har du tid att prata en stund?”

Det fladdrar till i bröstet. ”Absolut, har det hänt nånting?”

”Nej, eller ja det har det väl men ..., jag hoppas jag gör rätt som ringer till dig. Jag tycker bara att du borde få veta att din mamma är väldigt sjuk.”

Köket blir plötsligt mindre. ”Hurdå sjuk?”

”Väldigt sjuk. Det har hon varit länge men den senaste månaden har hon blivit mycket sämre. Hon har berättat att du ville dra dig undan en tid, men jag tror det skulle vara bra om ni fick träffa varandra.”

”Är hon allvarligt sjuk?”

”Ja, Viktoria, det är hon tyvärr.”

Hur allvarligt då vill jag skrika men det gör jag inte. Jag rör mig inte ens, bara känner hur världen dras ihop till en trång bubbla som omsluter kroppen. Tonen hon använt, allt den sagt vid sidan av orden.

”Jag vet hur mycket det skulle betyda för Bodil om du kom. Mest av allt, faktiskt.”

Jag lägger handen för munnen. Känner hur tårarna kommer. Orden hon sagt tar sig ner i det bottenfrusna.

Det mest efterlängtade.

”Det är tyvärr ingen idé att du ringer henne, talet har blivit lite sluddrigt så hon använder inte telefonen längre. Men jag har nyckeln om du vill gå dit för hon har lite svårt att ta sig upp och öppna.”

”Var är hon?”

”På Göran Hälsinges gränd i Gamla stan. Om du vill kan vi mötas utanför.”

Matkassarna blir kvar på köksgolvet.

Minuterna jag får vänta på taxin är de längsta i mitt liv.

ANDREAS

Idiot!

"Tyst!"

Om jag trycker händerna mot öronen, hårdare, hårdare. Jag vill inte höra!

"Lämna mig ifred! Jag vill tala med den andre igen."

Han finns inte mer, lille pissenisse. Det är jag som bor i dig nu.

Mitt ansikte i badrumsspegeln. Något kokar inuti huvudet, kokar, kokar. Min hjärna får inte plats, den spränger sig ut. Någon fyller på mina tankar utifrån. Mörkerrösten har fångat mig i en osynlig gas och jag når inte ut. Jag är avskuren och det finns ingen hjälp.

Lukten av människokropp blandad med tvål eller billigt rakvatten. Jag minns det nu. Det var på skolgården. Han var flera år äldre och mycket starkare. En ring av andra som bara står och tittar på. Ingen hämtar hjälp, ingen ropar efter en lärare, ingen kommer till min räddning. Första gången är jag så rädd att jag kissar på mig. Pissenisse! Det finns inget rimligt skäl att han valt just mig, varför just jag har retat upp hans intresse. Med tiden lär jag mig att han tröttnar snabbare om jag gör mig lealös, om jag fogligt tar emot hans slag utan att göra något motstånd. Alltid rädd på rasterna. En månads skräck innan hans uppmärksamhet riktades åt annat håll.

Badrumsgolvet lutar. Jag dras mot avloppsventilen. Släpper jag taget om handfatet kommer jag glida längs de hala klinkerplattorna och dras ner.

De är efter mig nu. De har hackat min dator och följt min väg över nätet. Vårt wifi är manipulerat och genom det styr de mina tankar. Jag har ryckt ur alla kablar men det hjälper inte. Mikrovågorna har impregnerat luften. De vet att jag vet och nu gör de allt för att tysta mig.

”Andreas?”

Pappa? Han kan inte höras från Malaga. Det är mörkerrösten som vill lura mig. Om min pappa var här skulle han rädda mig.

”Andreas, det är jag, din pappa. Jag låser upp badrumsdörren utifrån nu.”

Idiot. Han kan inte hjälpa dig. Du kan inte komma undan.

Jag ser pappa bredvid mig i spegeln. Han lägger armen om mina axlar. Våra blickar möts och han ler, ändå ser han ledsen ut och jag vet fortfarande inte om han är på riktigt. Där hans kropp nuddar min sticker det som av nålar. Åsa står i dörren och bevakar oss. Pappa leder mig ut och vidare in i vardagsrummet. Det rinner vatten längs fönsterglasen. Han sätter mig i fåtöljen. Huvudet spränger. Kroppen värker av trötthet men ändå har jag svårt att hålla den still.

”Hur är det Andreas?”

”Du är i Spanien.”

”Nej, jag är här. Åsa bad mig komma.”

Hon står kvar i dörröppningen.

”Åsa är på deras sida.”

”På vems sida?”

”Hon vill tvinga mig till läkare, men jag är inte sjuk. Hon tror inte på vad jag säger.”

Idiot.

”Tyst! Lämna mig ifred!”

Pappa och Åsa utbyter blickar. Jag är avskärmad bakom en osynlig vägg men jag måste få pappa att tro på mig. Han är min sista chans. Jag reser mig upp och Åsa rycker till. Pappa lägger handen på min axel.

”Sätt dig lite Andreas.”

”Du måste lyssna på mig. Åsa tror mig inte.”

”Jag lyssnar på dig. Sätt dig nu.”

Min anteckningsbok. Jag tar fram den ur fickan och sätter mig. Bläddrar fram en viktig sida och sträcker fram den mot pappa.

”Läs tyst så att dom inte hör.”

Han läser men snart slår han ihop boken och lägger den på vardagsrumsbordet.

”Men varför fortsätter du inte?”

”Vi kan läsa den sen.”

”Ge mig den.”

Han suckar och gör som jag vill. Jag struntar i om de kan höra mig, han måste förstå, jag måste hitta de viktiga sidorna så att han tror på mig.

”Andreas.” Pappa lägger handen på min och stänger boken.

”Vi kan läsa vad du har skrivit senare. Åsa vill bara hjälpa dig, och det vill jag och din mamma också. Det är därför jag har rest hem till Sverige.”

Det rycker och knycker i mina ben. Det går inte att hålla dem still. Jag tittar på Åsa. Den främmande blicken är kvar, den som bevakat mig de senaste månaderna. Hon kommer fram och sätter sig på huk, tar min hand och beröringen bränner.

”Andreas, snälla, bli inte arg nu igen. Jag har talat med Caroline.”

Pissenisse.

”Hon berättade att du inte har varit på jobbet sen i mars.”

”Varför har du talat med henne?”

”Det kom ett brev från polisen.” Hon reser sig och går fram till bokhyllan. Kuvertet ligger ovanpå böckerna. Sprättat längs ena långsidan.

”Du ser själv, pappa, hon läser min post.”

”Hon var tvungen, Andreas. Vi vet vad som hände och polisen har gripit rånaren. Dom har sökt dig på telefon men inte fått tag i dig.”

Åsa kommer tillbaka och tar min hand. ”Älskade Andreas, jag önskar att du hade berättat för mig. Det är så mycket som jag inte förstått. Om jag fått veta hade jag kanske kunnat hjälpa dig tidigare.”

Det rinner tårar från hennes ögon. Under ett ögonblick anar jag något precis under tankens yta. Innan jag hinner uppfatta vad är det borta igen. De hann skära av förbindelsen.

Känner du hur det pirrar i handen som Åsa håller i? Det är för att hon läser dina tankar.

Jag rycker undan min hand och tittar mot wifi-uttaget vid

tv:n. Kablarna är i igen. Hon har lurat mig. Jag rusar dit för att slita ut dem och i samma stund ringer pappas mobiltelefon.

”Ja, vad bra. Dörren är upplåst så ni kan gå in.”

Jag stirrar på honom och sedan på Åsa. ”Vem kan gå in?”

Hon ger mig en hastig blick innan hon går mot hallen. Pappa ler och tar några steg åt mitt håll, jag backar undan och frågar igen. ”Vem är det som kommer?”

”Det är ingen fara Andreas, dom vill bara prata med dig. Dom är här för att hjälpa dig. Du måste få hjälp att sova lite. Du kommer känna dig mycket bättre om du bara får sova en natt.”

Luften i rummet blir tätare. Det river mot huden och kliar i ansiktet. ”Vilka ska hjälpa mig sova?”

”Det är ett jourteam från Nacka Sjukhus. Allt är lugnt Andreas, du behöver inte vara rädd. Det är jag och Åsa som har bett dom komma.”

Tro inte på honom. Dom tänker döda dig, pissenisse.

Jag springer till köket. Ser deras bil genom fönstret. KBL 173. Kommando Bevara Lögnen. Sjuttiotre är mitt födelseår. Etta för antalet som ska elimineras.

Pappa syns i köksdörren. Det hörs ljud från hallen, dämpat tal. Ansiktet kliar. Deras steg kommer närmare men ingen försvarar mig. Jag är ensam, ensam. Ingen tror mig och det finns ingen kvar att lita på.

”Hej Andreas, Maria heter jag och det här är min kollega Rolf.”

De har förklätt sig i vanliga kläder. Han som kallas Rolf bär en fyrkantig väska. Luften har tätnat av mikrovågor, det svider i bröstet, jag fäktar med armarna för att få luft. Åsas läppar rör sig men det hörs ingenting.

Hasta la vista, baby.

Pappa närmar sig men jag knuffar undan honom, de två inkräktarna försöker fånga mig men jag är starkare, jag rusar mot hallen och rafsar åt mig bilnycklarna. Utomhus fräter regnet mot ansiktet. In i bilen och låsa dörrarna, jag ser inte om de är efter mig.

Fara iväg.

Fara.

Inte fara.

Köra iväg. Jag kör iväg. Jag måste till Malaga och rädda Maja och William. De måste föras i säkerhet. Arlanda. Regn mot rutan. Jag måste till Arlanda men tar fel fil på Värmdöleden. Årstatunneln är en fälla men ingen stoppar mig. Bilen färdas under deras radar.

Mörk energi. Mörk materia. Nittiosex procent av universum. De kommer därifrån och Mörkerrösten är deras talare. Jag måste hitta de fyra procent som är materia. Materia är det enda som kan skydda mig och Maja och William.

Essingeleden. Ett fingerat vägarbete. Jag tvingas köra sakta i mittenfilen men får inte se åt sidorna, inte se åt sidorna. Min blick är magnetisk och drar till sig deras allseende öga som sitter högt uppe i ett torn och ser överallt. Allt kan det se.

Jag kör vidare och det är bilar bredvid, bakom, framför, men vilka av dem jagar min?

E4:an mot Arlanda. Kista. Sollentuna. Rotebro.

Bilen bakom, en svart bil, en mörkerbil, jag ser inte ansiktet på föraren men jag är förföljd, nu har de hittat mig och jag måste bort från motorvägen. En avfart fort, fort, fort och den svarta bilen kör vidare men nu vet de var jag är. Jag måste hinna bort innan de skickar en ny. Vägen blir smalare, de öser på med regn för att hindra min sikt. Droppar bildar tecken på vindrutan men jag hinner inte tyda dem innan torkarbladen sveper bort deras meddelanden. En kraftig sväng och där är en skylt, ROSERSBERG, jag kan gömma mig där, RO ser BERG, om jag ser berget får jag äntligen ro. En raksträcka låter mig öka farten.

”Jag är den gömda kunskapens förvaltare, den klara månens förtrogne!”

Röda lampor. Blinkande röda lampor. De har fällt en gul bom över vägen och de sänder plingande signaler rakt in i huvudet.

De tror de kan stoppa sanningen.

De tror de kan fånga mig.

Det kan de inte.

BODIL

Livet upphör aldrig att förvåna. Sannerligen, intill dess sista skälvande minut kan man bli överraskad. Åtminstone om man bestämt sig för att organisera sin död, så som jag hade gjort, den vanmäktiges sista möjlighet att behålla kontrollen.

Så fel jag tänkt.

Med den avgörande stunden på behagligt avstånd ingav den en känsla av tillförsikt, en garanterad dos tabletter låg sedan länge i ett dricksglas. Jag förberedde allt när jag fortfarande hade användning av min vänsterhand. Ingen halvt förlamad människa kan trycka ut piller ur medicinkartor, jag hade minsann varit förutseende. In i det sista försökte jag tänka på allt.

Men då, den där kvällen i augusti som skulle bli min sista, när jag satt i fåtöljen framför fönstret…

Inget liv är så kärt som det snart förlorade.

Bara en minut till. Kanske ännu en? Det slutade regna och tanken på att aldrig mer få uppleva regn blev orimlig. Hela döden blev orimlig. Varför liv när det från början är dömt?

Vad ska vi med döden till? Varför detta enastående universum där minsta detalj tycks välordnad, om allt i slutänden är utan mening? Jag bad aldrig om att få födas, beslutet togs över mitt huvud, men nu när jag gjort mig ett ganska stort besvär och faktiskt vant mig ska livet tas ifrån mig igen.

Under en lång stund förlorade jag mig i min egen förtvivlan. En oresonlig vilja att fortsätta leva, i strid med skräcken att stanna. Jag är så rädd. Så vanvettigt rädd för det som väntar innan jag ska dö. Smärtan tror jag mig kunna hantera, det är inte den jag fasar för, men hjälplösheten, mitt totala beroende. Att tvingas förlita mig på andras barmhärtighet.

Jag ska förvandlas till en behövande.

Den tanken inger mer fruktan än den jag känner inför själva döden. Det är ju jag som ska hjälpa. Så har det alltid varit och det är det enda sätt jag kan. Jag ser det nu, att det är så det har varit. Att det blev essensen i mitt sätt att leva. Genom att ställa mig själv åt sidan har jag fått rätt att finnas till. Den första tiden efter mitt sjukdomsbesked tänkte jag att Krister hade haft tur som träffat en sådan som jag. Hur skulle han annars ha klarat sig? Hans svårigheter att få vänner, svärtan i själen, fobierna han utvecklade, hans enorma rädsla att bli övergiven. Jag fanns där. Alltid fanns jag där och tog hand om hans oro, om allt det praktiska han själv inte klarade. Jag utgick från att jag gjorde en välgärning, att min uppoffring gjorde gott. Men var går gränsen? Nu i eftertankens kranka rodnad är jag inte längre lika säker. Blev jag egentligen något annat än en förlängning av Lillian, vars överbeskyddande omsorg bara övertygade honom om hans oförmåga?

På håll ser jag helheten. Vårt ömsesidiga beroende. Mitt skriande behov av att få bli viktig för någon, med tiden så väl utfört att jag gjorde mig oumbärlig. Trodde jag. Så döm om min förvåning när jag fick hans sms den kvällen. Jag satt där i sällskap av mitt fatala pillerglas när det plingade till i mobilen.

Detta är ingen fråga, endast en underrättelse. För 5 månader sedan lämnade du vår gemensamma ekonomi utan att ställa några ekonomiska krav. Jag har beslutat mig för att sälja radhuset och även om du inte har med saken att göra kan jag meddela att jag har för avsikt att flytta till Spanien. Jag har köpt ett hus och anser inte att du behöver veta adressen. Jag kommer dock att skicka den till Viktoria när jag har installerat mig. Krister

Vad säger man? Jag kan erkänna ett hugg av bitterhet, men innan den hann få fäste började jag till min förvåning att skratta. Inte av glädje, det vore att överdriva, men av det absurda i hela situationen. Man kommer till en punkt när andras förhållningsätt blir betydelselöst, när de egna gärningarna är allt som räknas i ens slutgiltiga utvärdering.

Så lev du Krister, lev och ha hälsan så länge du kan. Tids nog blir det din tur att stirra dig själv i vitögat.

Det var just i det ögonblicket jag hörde nyckeln i dörren. Min blick drogs genast till mitt hemliga pillerglas, men min kropp vet inte längre hur man skyndar sig. Så glaset blev kvar där det stod när jag hörde Margaretas röst.

”Halloj, det är bara jag. Jag och en överraskning.”

Det hördes skrammel från galgar och jag försökte vrida huvudet mot hallen. Margareta kom in och stannade tvärt när hon fick syn på mig i fåtöljen.

”Va, sitter du där? Jag som just har påstått att du knappt kan ta dig upp ur sängen.”

Min käraste kära Margareta. Tänk att jag förunnades en vän som du. Nog hade jag lyckats ta mig till fåtöljen, men det var i ärendet att aldrig behöva ta mig upp igen. Inte heller hade jag trott mig behöva gömma pillerglaset, och oförmögen till vare sig det ena eller andra blev jag sittande när Margareta fick syn på min hemlighet. Jag är henne evigt tacksam. Utan så mycket som en förebrående blick gömde hon glaset i just det ögonblick som Viktoria kom.

Min dotter kom, och den kväll jag trodde skulle bli min sista blev istället vår första.

Dödens närhet har en förunderlig förmåga att mjuka upp, att lägga ett försonande skimmer över all uppdämd vrede. Oöverstigliga hinder förvandlas till futtigheter. För första gången kan vi mötas på riktigt. Det gamla är överspelat och vi vet att förvalta den lilla tid som finns kvar. Det behövs inga ord. I blicken bär vi samma längtan. Vi kan inget annat än att ta en dag i taget, i ordlösa timmar håller hon min hand och trots stillheten hastar sekunderna bort. Hon ser så liten ut. Liknar flickan på fotografierna jag har på väggen. Jag ser hennes rädsla, hennes bottenlösa förtvivlan över att jag lämnar henne. Hon försöker dölja den, men inget undgår mig inför avskedets ständiga hot. Jag hör hur hon pratar med läkarna. Hur hon kräver nya behandlingar för att stoppa processen, men vad hon egentligen vädjar om är ett mirakel. Genom att själv vara stark försöker jag bära henne. Jag är så glad att hon är här. Att vi fick den här tiden. Men nu är min längtan stark.

Jag är redo nu.

Ändå ska jag stanna så länge jag kan. För Viktorias skull ska jag uthärda den stora vanmaktens mittenpunkt.

Jag stannar tills hon låter mig gå.

Det hänger en röd julgranskula i min droppställning. Margareta har pyntat inför julen. I fyra månader har hon och min dotter funnits vid min sida.

Inget fattas mig mer.

Jag har levt.

Bara en sådan sak.

Det är väl ändå inte så litet?